藝術文獻集成

清人題畫詩選

黄頌堯

浙江人民美術出版社

圖書在版編目(CIP)數據

清人題畫詩選/黄頌堯編選；曾攀點校.—杭州：浙江人民美術出版社，2019.12 （2025.4重印）
（藝術文獻集成）
ISBN 978-7-5340-7491-2

Ⅰ.①清… Ⅱ.①黄… ②曾… Ⅲ.①題畫詩－詩集－中國－清代 Ⅳ.①I222.749

中國版本圖書館CIP數據核字(2019)第152757號

清人題畫詩選
黄頌堯 編選
曾 攀 點校

責任編輯 霍西勝 張金輝 羅仕通
責任校對 余雅汝 於國娟
裝幀設計 劉昌鳳
責任印製 陳柏榮

出版發行 浙江人民美術出版社
（浙江省杭州市體育場路347號）
網 址 http://mss.zjcb.com
經 銷 全國各地新華書店
製 版 浙江時代出版服務有限公司
印 刷 三河市嘉科萬達彩色印刷有限公司
版 次 2019年12月第1版
印 次 2025年4月第3次印刷
開 本 880mm×1230mm 1/32
印 張 8.875
字 數 120千字
書 號 ISBN 978-7-5340-7491-2
定 價 59.80圓

點校説明

《清人題畫詩選》，民國黄頌堯編選。頌堯（一八七八—一九三四），名鈞，號次歐，江蘇吴縣（今蘇州）人。早年曾於上海電報總局任文牘十數年，民國後歷任東吴大學、實學專修館、黎明學校、女子職業中學、蘇州美術專科學校等校教職。曾分纂《吴縣志》，同時兼任《姑蘇采風志》編撰、《江蘇通志》採訪專員等職。

頌堯雅好經史，「妙能爲辭章，亦喜簿録訓詁之學，吴士交稱其賢」（沈維鈞《清人題畫詩選序》）。少時曾隨邑中畫家桑士逸（喜亭）學畫，并從其侄復顧明經（錫驤）研習《文選》，得見桑家世代所藏古畫善本荆關劇跡及校抄精本，於是漸識書畫鑒賞及目録校勘的門徑。又性喜聚書，搜訪頗勤，所藏甚爲豐富。近代著名藏書家葉德輝至吴中，見其藏書大爲歎賞，并借其藏書以校家刻。故頌堯以藏書家稱名於世，事迹見録於《續補藏書紀事詩》。

黄氏在詩詞方面也造詣頗深，著有《静觀軒詩草》，編有《詩學講義》、《詞學講義》等。曾與詩詞名家蔣兆蘭、吴梅、王謇等交游，并於一九二七年至一九二八年間在蘇州與蔣兆蘭、顧建勳、王飲鶴、張榮培、吴梅、王謇等結琴社詩酒唱和。其後在蘇州美術專科學校任教期間，亦曾主持起社，研究國粹文學。藏書家趙詒琛藏書遭兵火之劫，頌堯贈詩慰之有「閑中課子常攤卷，劫後藏書又滿樓」句，趙氏激賞不已，至以「又滿樓」名其所刻叢書并附刻頌堯原作於書後。於此，亦可略窺黄氏詩詞成就之一斑。

除《静觀軒詩草》、《詩學講義》、《詞學講義》外，黄頌堯尚撰有《四庫未收書版本考》、《讀水滸隨筆》、《用直保聖寺羅漢非楊塑辨》、《藝圃遺址考》諸文，分刊於《蘇州圖書館館刊》、《藝浪》等雜誌。

一九二九年，黄頌堯受聘蘇州美術專科學校講席，爲學生講授詩詞，鑒於《歷代題畫詩》以收羅該備爲目的，「體不分今古，詞不別優劣」，不便初學者研習；而坊中題畫詩印本又「見聞狹陋，珠礫并收，編次龐雜，漫無體例」，也不足取以爲教材，故而他從清人别集中悉心抉擇，嚴加删汰，歷數年積累編選而成《清人題畫詩選》一書。全書共選清人二十六家，詩一千二百餘首，所選都爲七言絶句。諸家各附有小傳，述其生平，論其詩作，兼及詩人生卒年月考辨。

一方面，《清人題畫詩選》編選過程中有意識地「繼前哲之志，搜羅而薈萃」，彌補了《歷代題畫詩》未收有清一代題畫詩的缺憾，對於研究清代題畫詩以及清代繪畫史，有重要的文獻價值。另一方面，該書僅收題畫詩中最爲適用的七言絶句，并摒棄了用事僻奥、意有專指及牽率應酬而少精采的詩作。故而頗便於初學者研習，誠如章欽亮所云：「文尚簡約，辭取平易，俾學者得朝夕誦讀，易於揣摩，其有功於學子者實非淺鮮。」因此，對當前書畫愛好者來説，該書也具有一定的參考價值。

《清人題畫詩選》僅有一九三五年大華書店排印本。本次點校，即以大華書店排印本爲底本，所收諸詩作皆以各家别集對校，將校勘記列於各詩之後。對底本中的明顯錯字、異體字徑改；底本中「太」作「大」、「影」作「景」、「銷」作「消」、「芙蓉」

作「夫容」、「菖蒲」作「昌蒲」或「昌蒲」等，皆依諸家别集改回原貌，不出校記。書後附録各書對校别集版本，以便讀者參考。本人水平有限，錯誤難免，請讀者指正。

點校者

二〇一二年十一月

目次

章序

題畫之作，肇自有唐，太白蒼鷹之讚，工部丹青之引，皆文人寄畫爲吟詠之資，未必即書之於畫也。宋元以降，文人學士既善作書，復工六法，乃以詩詞題入畫中。東坡、雲林諸作，時或見之。明清以來，遂稱極盛，沈、文、唐、董、惲、王諸家，幾於無畫不題。畫以題重，而評畫者亦以題辭之美惡定畫之高下。非是者謂之枯題，謂之窮款，而爲識者所賤視矣。惟是諸家之作，衆體雜陳，短長句吟，各臻妙諦，不有選擇，何以示途徑而習畫者學步耶？ 頌堯黄先生講授詩法於蘇州美術專科學校有年矣。嘗謂題畫莫善於近體，而尤莫便於七言絶句。因就歷年教授所選，輯爲清人題畫絶句選初編，都凡二十六家，爲詩一千餘首。雖未必盡爲畫家之作，然皆文尚簡約，辭取平易，俾學者得朝夕誦讀，易於揣摩，其有功於學子者實非淺鮮。抑有進者，今畫師習聞畫以題重之説，率爾操觚，或抄襲成句，甚至魯魚舛誤，平仄失黏，落紙揮毫，自鳴得意。倘取得黄先生之書，悉心誦讀之，其亦憬然悟已往之失而知所適從，則黄先生斯編之輯，豈第爲美專學生已哉！古䣚章欽亮謹序。

沈序

黄君頌堯博聞强識，剛毅木訥，孔子所謂近仁之器者，庶幾乎幾之。又妙能爲辭章，亦喜簿録訓詁之學，吴士交稱其賢。坐擁皋比者二十年，得士甚多。然斯人斯德，又豈終老於是耶？予既讀其《清人題畫詩選》而善之，乃付鋟大華，時距頌堯之歿已半年，未觀厥成，能不悵然！書面題字者吴老瞿安，清録原稿者洪君駕時，并代致謝。民國二十四年一月，沈維鈞。

自序

前清康熙時纂《歷代題畫詩類》一書，至明而止，體不分今古，詞不別優劣，蓋以備爲貴也。而有清一朝詩人，項背相望，題畫詩之見於各家别集者，浩如煙海。尚無有繼前哲之志，搜羅而薈萃之者。

近時書肆間有題畫詩印本發行，索而觀之，往往見聞狹陋，珠礫并收，編次龐雜，漫無體例，不足取以爲教材。

予自己巳年應蘇州美術專校之聘，課諸生以詩詞。占時既促，苦無方法使之速化。乃編《詩學講義》一册以導之入門。又念詩之體格甚多，一年中僅習數十小時，斷難望其有成。諸生既以繪事爲專業，則題畫之作尤爲切要。題畫詩雖不限於七絶一體，而要以此體爲最適於用。蓋五、七言古須養到功深，始能入格，才力淺薄者爲之，易來畫虎之誚。而五、七律則拘於對偶，又易入於板滯，少飄灑之致。惟絶句節短而韻長，一唱三歎，有絃外之音。故昔人題畫亦以此體爲較夥。兹爲諸生便於誦習倣效計，故於清人别集中悉心抉擇。其用事僻奥者、意有專指者及牽率應酬而少精采者，皆擯不録。凡二十六家，得詩一千二百餘首。家數不盡於此，詩亦不盡於此也，姑以是爲初集。諺有之曰：「熟讀唐詩三百首，不會吟詩也會吟。」諸生熟此，即不會吟而能襲其緒餘，以障俗眼，則此編亦爲不徒輯矣。吴縣黄頌堯序於蘇州美術專科學校。

堯峰詩鈔

汪琬　江蘇長洲人，字苕文，號鈍庵，晚居堯峰，因以自號，又號玉遮山樵。順治乙未進士，授户部主事，累官刑部郎中，以事降北城兵馬司指揮，再遷户部主事，所歷官皆有名績。康熙己未中舉鴻博，授編修，與修明史，以疾假歸，遂不出。其文根抵六經，出入廬陵、震川間，於《易》、《書》、《詩》、《春秋》、《三禮》、《喪服》皆有發明。時魏禧、侯方域并以古文擅名，與琬稱三家，而琬尤醇正。性狷介，遇人褒譏不稍寬假。有《鈍翁前後類稿》、《堯峰詩文鈔》等書。

生於明天啟四年甲子，卒於清康熙二十九年庚午，年六十七歲。

題王十一畫册二首

數點彤雲向晚收，梅花和月蘸〔一〕寒流。深山風味佳如許，合付蘭橈與竹兜。

閒臨承旨筆端春，吴下風流最可人。大似鷗波亭子外，柳花漠漠水粼粼。

〔一〕「藨」原作「醮」，據康熙間刻本、《四庫全書》本《堯峰文鈔》改。

題鄢陵梁曰緝紅村讀書圖四首

約取春江入畫圖，亂紅殘絮擁菰蒲。鄢陵野色平於掌，也有江南此景無。

門前花發柳毿毿，若箇能停載酒驂。晢次齋中無一事，焚香親校貝多函。曰緝博通佛經。

一自吴儂别釣磯，久將癡骨裹朝衣。妒他花鴨春江上，日唼芹花自在飛。

衆鳧吹波上緑蘋，恰逢三月石湖春。期君共蕩雙蘭槳，茶磨山前結比鄰。

題與也畫二首

蛛絲煤尾比琳瑯，待詔丹青少抗行。今見耳孫揮彩筆，風流回憶玉蘭堂。

君家道韞擅才華，愛寫徐郎没骨花。曾向兒時窺指訣，筆端桃萼一枝斜。與也有從姑，名俶，字端容，嫁趙氏，以善畫花鳥得名。

題雜畫三首

最好春光冷節前，小桃初弄一溪煙。隔籬猧子迎人吠，定是鄰翁掠社錢。
深秋風物數江鄉，楓葉蘆花正著霜。未放歸舟先一笑，畫圖喜見石湖莊。
漁父臨流卷釣絲，恰逢渡口雁棲時。月明忘却風波惡，獨叩船舷歌竹枝。

題武曾灌園圖五首

白柄長鑱手自攜，露葵霜韲滿秋畦。時時小摘供〔一〕親膳，也勝茅容庋半雞。
雨過籬落土膏肥，嫩緑叢生隙地稀。不用園官供菜把，渾家摘得滿筐歸。
菜畦新熟歲將除，老圃安閒樂有餘。擬配香杭須底物，一年佳味是冬葅。
謝却東華軟土塵，揭來江畔鬬閒身。閉門鋤菜英雄事，不信菰蘆有此人。
經營擬作漢陰人，笑汝家徒四壁貧。何不具舟淞水上，秋風隨意采絲蓴。

〔一〕「供」，康熙間刻本《堯峰文鈔》作「共」。

題獨鶴亭圖四首

倒檜枯杉侵澗壑，小紅疏翠點柴荆。獨來倚杖看山色，一朵蓮花潑眼明。
擬共幽禽占白雲，玉泉瑶草隔塵氛。平生解笑天隨子，但養能言鴨一群。
月中松露墜無聲，誰伴閒吟永〔一〕夜清。自是長身古君子，與君能締歲寒盟。
華山山人不在山，鶴聲淒切望君還。青鞵布韤且歸去，對嘯蒼松錦石間。

〔一〕「永」，四庫本《堯峰文鈔》作「冰」。

題雜畫二首

碧花紅穗及秋晴，無數寒蛩趯趯行。借問爾曹緣底事，西風也作不平鳴。
風吹黄葉影淒淒，金井霜濃月漸西。不見朝陽舊時鳳，夜闌惟有乳烏啼。

題捉筆圖小像二首

墨池清泚硯山[一]蒼，獨擁深衣傍隱囊。牛螘任渠牀下鬬，先生只是著書忙。

東塗西抹偶然間，得失妍媸等是閒。文冢不妨隨地築，讓他[二]兒輩占名山。

〔一〕「山」原作「水」，據康熙間刻本、《四庫全書》本《堯峰文鈔》改。

〔二〕「他」原作「化」，據康熙間刻本、《四庫全書》本《堯峰文鈔》改。

題叟杖圖二首

不著深衣不裹巾，衰年自要齒齊民。蠶經禾譜裝池了，揀箇山村置此身。

不學長生與苦空，一邱一壑偶然中。丹青未必能神似，更著新詩寫病翁。

王勤中歲寒圖爲尚上人題二首

瘦骨蒼髯覆佛龕，仰陵霜霰俯煙嵐[一]。問誰曾見開山日，惟有孤松是老參。

一枝和月照寒潭，絶少幽人曳策探。夜半暗香禪榻畔，不妨便〔二〕向鼻端參。

〔一〕「嵐」原作「巒」，據康熙間刻本、《四庫全書》本《堯峰文鈔》改。
〔二〕「便」原作「句」，據康熙間刻本、《四庫全書》本《堯峰文鈔》改。

題喬舍人畫二首

彩雲隱隱瀑重重，真〔一〕是仙家第一峰。畫史不須皴染盡，且留隙地著吴儂。

試從卷裏望山椒，便覺吾家舊隱遥。鴨踏嶺頭春水好，桃花深簇搦船橋。嶺與橋在堯峰。

〔一〕「真」，康熙間刻本、《四庫全書》本《堯峰文鈔》俱作「直」。

題畫二首

遥指山門一徑長，丹楓烏桕點清霜。風光絶似堯峰院，輸汝相攜話夕陽。

陰陰灌木野禽啼，點綴樵村與釣溪。占盡畫圖君信否，鈍翁家在此峰西。

小桃著子柳飛花，輕靄濛濛細雨斜。慚愧此身非社燕，今年春盡未還家。

題蘆鴨圖二首

眇眇寒流接遠天，荻花翻雪水凝煙。竹弓絲罼真難到，借與沙禽自在眠。
世路崎嶇不易行，每經身處輒心驚。的應輸與滄江鴨，慣狎風波了一生。

題天台訪道圖

絶壁危梁似畫圖，此中有路達仙都。地黄不托胡麻飯，能向山家少住無。

題葛震甫畫三首

五字清新久絶倫，如何竹石又通神。湖州儋耳風流在，五百年中有後身。
微芳冉冉借光風，花萼叢生杞棘中。怪得幽人寫空谷，只緣臭味與渠同。
竹君挺秀欹高岸，蘭友滋芳被野田。倉卒寫真俱酷似，此髯風味亦翛然。

曝書亭集

朱彝尊　浙江秀水人，字錫鬯，號竹垞，又號醧舫，晚號小長蘆釣師。少肆力古學，博極群書，客遊南北，所至以搜剔金石爲事。康熙己未中舉鴻博，授檢討，與修明史，體例多從其議。後入直内廷。引疾罷歸。長於考證，工古文，詩與王士禛稱南北兩大宗。又好爲詞，與陳維崧稱朱陳。著有《曝書亭集》，又輯有《經義考》、《明詩綜》、《詞綜》、《日下舊聞》等書。

生於明崇禎二年己巳，卒於清康熙四十八年己丑，年八十一歲。

題畫四首

林深屐齒未曾經，萬壑松濤偶坐聽。我若支笻來此地，便攜酒榼上茅亭。
緑蕪遠近山參差，露氣暗浮松樹枝。烏篷七尺屢回首，看到月明歸未遲。

長林楓葉早霜催，絶磴鳴泉激石迴。料得山樓聽不盡，絃桐欲寫又徘徊。
竹梢藤蔓浄飛沙，冷翠疏林不著花。羡殺幽人此高臥，更無剥啄到山家。

集句題王女史畫蓮

可愛深紅間淺紅，滿池[一]荷葉動秋風。縈迴謝女題詩筆，一片西飛一片東。

[一]「池」原作「地」，據康熙間刻本、《四庫全書》本、《叢書集成》本《曝書亭集》改。

陳參議上年署中題畫五首

香醪小榼載吴船，隔岸桃花湧石泉。此樂江鄉常在眼，披圖那不數歸年。
密樹雲根一徑開，水亭風檻足淹洄。最憐略彴前溪好，可惜無人載酒來。
岸柳山松壓翠微，笆籬宛轉護柴扉。主人且莫攤書坐，看弄漁舟箇箇歸。
招提絶頂掩松關，茆屋巖阿竹樹環。恍憶昔遊長至日，滿衣風雪括蒼山。
水檻風亭八九椽，叢筠秀木總堪憐。炎天引我江湖興，懊惱黄驄白玉鞭。

題譚漢〔一〕畫山水送譚七舍人兄三首

舍人佐郡出京華，馬後圖書載五車。欲上恒山最高頂，自馴白鹿飯松花。
大漠霜流磧草枯，郫筒蘆酒急須沽。雲中西去黄河曲，未必山川似畫圖。
桑乾九月未成橋，想像關榆葉盡凋。曾向雁門三度宿，人家歷歷在山椒。

〔一〕「譚漢」原作「漢雯」，據康熙間刻本、《四庫全書》本、《叢書集成》本《曝書亭集》改。

題顧夫人畫蘭

眉樓人去筆牀空，往事西州説謝公。猶有秦淮芳草色，輕紈匀染夕陽紅。蘭名，見金滰趙氏《譜》。

題周恭肅公畫牛二首

白川畫龍兼畫牛，繞村急雨菰蒲秋。百年紙墨黯無色，雲氣溟濛猶未收。
牧童横笛吹不得，背面却看溪上山。記得濫溪西去路，荻花楓葉淺沙灣。

題李檢討澄中所藏明月蘆雁圖二首

吾家[一]水閣傍江斜，風荻侵簷一杖[二]花。連雁低飛渾不見，祇聽拍拍響圓沙。

遠岸風微宿雨殘，天邊忽湧爛銀盤。盧河橋畔秋容好[三]，比似南湖一曲看。

〔一〕「家」，《叢書集成》本《曝書亭集》作「來」。

〔二〕「杖」，康熙間刻本、《四庫全書》本、《叢書集成》本《曝書亭集》俱作「丈」。

〔三〕「好」原作「秋」，據康熙間刻本、《四庫全書》本、《叢書集成》本《曝書亭集》改。

題高侍讀江村圖二首

菊礀疏寮舊跡存，畫圖髣髴見江村。雙橋儘許通舟楫，他日柳陰來叩門。

杜甫南鄰有朱老，吾將徙宅問東家。水邊沙[一]際閒田闊，添種鴨桃千樹花。

〔一〕「沙」原作「涉」，據康熙間刻本、《四庫全書》本、《叢書集成》本《曝書亭集》改。

爲王祭酒士禛題畫册二首

滸山濼口水模糊，穲柳夭桃何處無。他日雪堂留客徑，不難疏鑿擬西湖。

寒江窠石早梅舒，此地仙居也不如。但恐瀑泉浸〔一〕案溼，小窗催徙讀殘書。

〔一〕「浸」，康熙間刻本、《四庫全書》本、《叢書集成》本《曝書亭集》俱作「侵」。

副相徐公庭中種蕉結實禹鴻臚爲作圖因題絶句三首

已愛清陰護〔一〕緑紗，更看秋蕊綻靈芽。豐宜門外園官老，能得幾人逢此花。

日南曾記一叢叢，合薦冰盤荔子紅。誰料塵沙燕市滿，露珠涼綴小亭中。

十年青簡待封題，官燭長分太乙藜。正值閒〔二〕庭花放日，便應焚稿禁園西。故事，國史編成，於西苑蕉園焚稿。

〔一〕「護」，原作「讓」，據康熙間刻本、《四庫全書》本、《叢書集成》本《曝書亭集》改。

〔二〕「閒」，原作「開」，據康熙間刻本、《四庫全書》本、《叢書集成》本《曝書亭集》改。

題東浦學耕圖二首

上書空敝黑貂歸，賣賦年來計漸非。争似爲農東浦畔，醉吟獨速舞蓑〔一〕衣。

老我青緺嬾束腰，薄田枕水傍灣橋。明年準擬全家返，也買烏犍種楚苗。

〔一〕「蓑」原作「衰」，據康熙間刻本、《四庫全書》本、《叢書集成》本《曝書亭集》改。

題惠周惕紅豆書莊圖四首〔一〕

離離紅豆映空亭，㚵㚵牽牛上短屏。最愛舍南風幔卷，高城不隔遠山青。

粥魚茶板近松門，夕照雙浮塔影存。一入畫圖看便好，城居僻似沈尤村。

全家擬泛酒城東，已分生涯釣叟同。他日招邀葑田北，一帆風飽似張弓。

吴船歸及早梅春，净洗東華袨褐塵。我亦潞沙旋放溜，來尋北郭十詩人。

〔一〕康熙間刻本、《四庫全書》本、《叢書集成》本《曝書亭集》題俱作「和韻題惠周惕紅豆書莊圖」。

再題高學士江村圖二首

荒茅結屋短牆垣，不似金坡學士園。只合年年借儂住，漁竿漁網插溪門。

勾吴嚴四畫難得，比似孤〔一〕村景〔二〕復殊。想像江鄉宜有此，蛤蜊菰葉賀家湖。

〔一〕「孤」，康熙間刻本、《四庫全書》本、《叢書集成》本《曝書亭集》俱作「菰」。

〔二〕「景」，康熙間刻本、《四庫全書》本、《叢書集成》本《曝書亭集》俱作「境」。

題賈院判銓畫荷二首

亭亭紅艷立清波，殺粉調鉛不在多。却笑崔徐思憔悴，鷺鷥汀畔寫枯荷。

黄塵六月倦鳴鞭，苦憶中吴鴨觜船。夢入篷窗聽夜雨，半江風葉枕函邊。

題王翬畫三首〔一〕

王郎手摹一峰畫，宛似張顛作草書。鼠尾皴山鴉點樹，只今能事有誰如。

帝城日日足風霾，眯眼黄塵漲六街。對此溪山最清絶，便思衝雨踏棳鞵。

王翬老去畫尤工，橫幅吴裝仿惠崇。曾記北高峰上望，村村風景似圖中。

〔一〕康熙間刻本、《四庫全書》本、《叢書集成》本《曝書亭集》題俱作「王翬畫三首」。

爲錢給事〔一〕晉錫題王給事原祁富春大嶺圖二首

記得山城水閣添，畫眉聲裏晝垂簾。還憑同省王郎筆，暖翠浮嵐〔二〕五尺縑。

富春江上雨溟濛，兩岸花開躑躅紅。髣髴舊遊如畫裏，一帆曾轉釣臺〔三〕東。

〔一〕「給事」原作「吉士」，據康熙間刻本、《四庫全書》本、《叢書集成》本《曝書亭集》改。

〔二〕「嵐」原作「巒」，據康熙間刻本、《四庫全書》本、《叢書集成》本《曝書亭集》改。

〔三〕「臺」，康熙間刻本、《四庫全書》本、《叢書集成》本《曝書亭集》俱作「壇」。

題畫送徐檢討釚還吴江二首

三高祠下水溟濛，紅蓼花香一笛風。驚起沙鷗定相笑，黑頭未稱作漁翁。

不貪臺閣送行詩，索我尊前折柳詞。合喚菱舟付菱女，更吹漁笛教漁兒。

奉題徐副相祝園修禊卷三首

右軍但草蘭亭序，不及群賢祓禊詩。輸與先生鼠須筆，春風一一寫烏絲。

一時裙屐最風流，擘紙花前點筆收。我若當年參末坐，便應罸酒似羊劉。

滴珠方勝杵頭新，瘦本看來妙入神。真跡祇愁容易賺，莫將缸面酒留人。

題畫二首

宣和舊譜識徐熙，猶記都官畫裏詩。三月江南看不足，宛陵句也。湖塘花鴨影參差。

數枝〔一〕枯柳倚苔磯，話别沙頭客未歸。多事錢塘〔二〕戴文進，釣師渲染著紅衣。

〔一〕「枝」，康熙間刻本、《四庫全書》本、《叢書集成》本《曝書亭集》俱作「株」。

〔二〕「塘」，康熙間刻本、《四庫全書》本、《叢書集成》本《曝書亭集》俱作「唐」。

題龔主事翔麟西湖雨泛圖二首

茶檣酒幔静無鄰，鏡面平波碾濕〔一〕銀。同憶少年歌舞誤，烏篷不作獨吟人。

蓴絲菱葉浸魚天，十里湖山思悄然。疏雨夜眠聽亦好，莫因月黑便回船。

〔一〕「濕」原作「溼」，據康熙間刻本、《四庫全書》本、《叢書集成》本《曝書亭集》改。

題倪高士畫

房山潑墨太模糊，那似倪迂意匠殊。一片湖光幾株樹，分明秋色小長蘆。

爲魏上舍〔一〕坤題水村圖

斜插魚標颺酒旗，柳陰小犬吠笆籬。歸田最是分湖好，我亦相期作釣師。

〔一〕「舍」字下原衍「人」，據康熙間刻本、《四庫全書》本、《叢書集成》本《曝書亭集》删。

蘆塘放鴨圖爲查大弟慎行題二首

横漲橋東宿雨殘，盡驅鴨鴨出紅闌。蘆花兩岸冷如雪，十里秋容倚槳看。

鴨頭老緑鴨脚黄，十十五五沿斜塘。不勞蜀郡滕昌祐，勾染一枝紅拒霜。

爲魏上舍〔一〕題水村第二圖二首

江鄉最好是分湖，紫蟹紅蝦雪色鱸。眯眼〔二〕塵沙歸未得，倩人重寫水村圖。

緑萍不〔三〕礙板橋椿，紅葉空堆老樹腔。異日相過任風雨，抽帆直到讀書窗。

〔一〕「舍」字下原衍「人」，據康熙間刻本、《四庫全書》本、《叢書集成》本《曝書亭集》删。

〔二〕「眼」原作「目」，據康熙間刻本、《四庫全書》本、《叢書集成》本《曝書亭集》改。

〔三〕「不」原作「石」，據康熙間刻本、《四庫全書》本、《叢書集成》本《曝書亭集》改。

題沈上舍洞庭移居圖六首

沈郎歸興及秋風，擬學煙波笠澤翁。不戀湖莊收紫茜，愛他千樹洞庭紅。

消夏灣頭五月涼，堂成面面納湖光。楊梅殘〔一〕紫枇杷白，買斷閒園自在嘗。
才微歲晚畏譏彈，井社年來欲住難。只合全家太湖去，免教小吏侮鄉官。
洞府曾傳第九天，況聞崦裏足良田。煩君誒我鮎魚口，并載吴江赤馬船。
滏銀三萬六千頃，兩點青螺髻子濃。生怕東山鵝鴨鬧，輕帆逕渡〔二〕莫釐峰。
橘田薑椶散租符，西舍東鄰興不孤。他日相逢王潑墨，也礬生絹索横圖。

〔一〕「殘」，康熙間刻本、《四庫全書》本、《叢書集成》本《曝書亭集》作「綫」。
〔二〕「渡」，康熙間刻本、《四庫全書》本、《叢書集成》本《曝書亭集》作「度」。

出都王山人翬畫山水送别

王郎五載一相逢，寫出雲巒别思重。髣髴攝山風月夜，秋窗同聽六朝松。

題畫

第四橋頭楓葉丹，詩翁露頂不知寒。停車鎮日樹根坐，閒看鷺鷥飛過灘。

爲高上舍題其尊人太常層雲山水軸

太常三絶畫書詩，尺幅溪山付虎兒。斷楮零紈〔一〕何處覓，秋窗惆悵卷還時。

〔一〕「紈」，康熙間刻本、《四庫全書》本、《叢書集成》本《曝書亭集》作「綃」。

李秀才琪枝墨竹

小閣爐香洗硯初，數竿墨竹最清疏。前身定是梅花衲，仍占春波橋外居。

題汪上舍讀畫圖

朝看牧家〔一〕助邊儲，暮見爲郎擁傳車。勸爾須拋兔園册，世間風漢乃耽書。

〔一〕「家」，康熙間刻本、《四庫全書》本、《叢書集成》本《曝書亭集》作「豕」。

山陰客舍題高布衣蓴鄉釣師圖二首

蛤蜊菰葉横塘曲，細雨斜風西塞山〔一〕。争似蓴鄉好秋色，輕舟容與水雲間。

愛餐花港雞頭芡，更采湘湖雉尾蓴。踏浪緣流無不可，只休驚起浣紗人。

〔一〕「西塞山」原作「塞西山」，據康熙間刻本、《四庫全書》本、《叢書集成》本《曝書亭集》乙正。

題禹鴻臚號國夫人下馬圖二首

貌出風姿勝太真，無勞粉翠費千緡。如何南内淋鈴雨〔一〕，不憶當街下馬人。

當風帶緩舞衣寬，無復宫門騕嬈鞍。一事差赢杜陵叟，畫圖恣得近前看。

〔一〕「雨」原作「西」，據康熙間刻本、《四庫全書》本、《叢書集成》本《曝書亭集》改。

題崔瑴畫鳩

我愛臨濠〔一〕崔子中，輕綃畫出鷽鳩工。枝頭濈染春晴色，不著山花一點紅。

〔一〕「濠」，《四庫全書》本《曝書亭集》作「濛」。

題李秀才琪枝畫梅

平生冷笑林君復，活剥江爲兩句詩。畫到影疏香暗處，始知一字可稱師。

張處士釣風圖

漁師蟹舍近西泠，露葦風楊岸岸青。我亦年來撐釣艇，秋花却少研頭缾。

題瞻園舊雨圖二首

壯年蹤跡任西東，老去諸餘念漸空。醉地至今猶戀惜，大功坊底小園中。

花南孔雀翠屏張，共倚新聲八寶裝。誰向井邊歌舊曲，淳熙半隸幾斜陽。園〔一〕有井闌刻淳熙年字〔二〕。

〔一〕「園」字下原衍「中」，據康熙間刻本、《四庫全書》本、《叢書集成》本《曝書亭集》删。

〔二〕「字」原作「號」，據康熙間刻本、《四庫全書》本、《叢書集成》本《曝書亭集》改。

雲溪草堂圖爲徐進士永宣題二首〔一〕

菱葉荷花蓼草磯，鶴巢深樹客來稀。主人且莫貪高臥，合試新涼柳汁衣。

江城過雨不開雲，百里洮湖一曲分。比似玉河隄上望，枯〔二〕亭劉井總輸君。

〔一〕原題爲「雲溪草堂爲徐進士永宣題」，據《叢書集成》本《曝書亭集》改。
〔二〕「枯」，康熙間刻本、《四庫全書》本、《叢書集成》本《曝書亭集》俱作「柯」。

何孝廉啖荔圖

吴中才子過閩中，扶荔園開曲曲通。小榼都籃餐不〔一〕盡，惜無人爲擘輕紅。

〔一〕「不」原作「石」，據康熙間刻本、《四庫全書》本、《叢書集成》本《曝書亭集》改。

題家廣文端鄧尉尋梅圖

村村梅底鬧壺餐，莫笑先生苜蓿盤。桃李滿〔一〕山都不戀，冷香合讓冷官看。

〔一〕「滿」，康熙間刻本、《四庫全書》本、《叢書集成》本《曝書亭集》作「漫」。

題張平山水墨明妃出塞圖

畫師遍寫春風面，殺粉研朱總未嫻。似此澹描翻絶世，按圖誰復詆平山。

甌香館集

惲壽平　江蘇武進人，名格，以字行，更名正叔，又號南田，又號白雲外史、雲溪外史，亦稱東園客。幼嘗雉髮杭之靈隱寺。作山水秀潤天成，見王翬畫乃讓之獨步。自學花卉，以北宋徐崇嗣爲歸。賦色之妙，爲古今絶藝。書學褚河南，詩筆超逸。有《甌香館集》。

生於明崇禎六年癸酉，卒於清康熙二十二年癸亥，年五十八歲。

歲寒圖

寒花還與歲寒期，夜起移燈看雪時。未許東風到桃柳，山茶先發近窗枝。

題紅林秋浦

只愛菱洲蟹舍邊，千林紅葉一谿煙。夕陽柳岸收漁網，秋水蘆花放鴨船。

堯封和尚屬圖深林茅屋懸瀟湘客亭

石壁高松鶴夢閒，吴煙楚雨護柴關。隔窗恐礙雲來往，屋裏長懸屋外山。

紅林圖

琴書都在翠微中，吹斷泉聲半嶺風。盡道此山秋不入，無霜林葉爲誰紅。

桃花紫藤

石泓纔解研池冰，又對桃花憶武陵。神女只愁春欲去，護花千縷繫長藤。

蒲柳小幀

曲江何處夢前遊，點筆春風此暫留。只爲少陵詩句好，至今蒲柳尚含愁。

題草花扇

嫣然一笑散朱樓，笑拾殘花過陌頭。誰道芳華容易謝，此中紈扇自無秋。

獵犬詩題畫

不用傳書去復回，閒思狡兔立荒莓。知他得志圍場日，肯避南山白額來。

清溪釣隱圖贈三蘿曹子三首

何用江潭問醉醒，垂綸閒在藕花汀。知君不著羊裘坐〔一〕，猶恐人疑是客星。

却笑鴟夷在五湖，漁竿天畔倚珊瑚。世間何必人知我，醉狎群鷗一釣徒。

回首塵寰思黯然，風波無地可高眠。於今到處爭香餌，誤盡游魚亦可憐。

〔一〕「坐」原作「去」，據道光二十六年刻本、《叢書集成》排印本《甌香館集》改。

題古松扇與邵子

五色青門事渺然，石梁吾憶聽泉年。霜毫翦取虬龍勢，袖裏常生泰岱煙。

題穉黃夢蝶圖

誰操錦瑟怨湘靈，筆底煙絲恨草青。滿地落花春不管，花間蝶夢幾時醒。

題石谷畫看梅圖二首

竹外橫煙松上風，攜琴溪岸板橋通。不須更放孤山鶴，身在寒香夕翠中。

柳路溪風拂面寒，幾枝晴雪傍簷端。暗香瘦影分明處，把酒山堂待月看。

題　畫

海客乘槎事渺茫，蓬萊水淺已千霜。此中尺幅藏東海，那管揚塵與種桑。

題江帆圖送彦吉之長安二首

長劍何能戀故園，手搴芳草賦銷魂。誰言剪水吴刀澀，欲袖江雲入薊門。
眼底浮雲故國迷，又從天外聽鶯啼。曉來轉恨江風急，絲柳蒲帆盡向西。

題畫櫻桃

白晝華星照緑苔，千枝争放火齊開。於今合浦徵求盡，照乘翻從筆底來。

題　蓮

緑雲飄渺動仙裳，紅豔輕匀鬬曉妝。閒向花房摘蓮子，滿衣金粉露華香。

題獵犬圖二首

只傍鷹師獵騎邊，圍場淺草每争先。中山東郭搜羅盡，可許閒階自在眠。
仰看婁宿在天隅，枉説非熊載後車。莫以功名輕狗監，也曾稱賦薦相如。

畫小園半壁

峭蒨〔一〕初疑嶺路通，鵁鶄白鷺夜翔風。過牆千尺松篁影，人臥蒼茫空翠中。

〔一〕「蒨」原作「倩」，據道光十年刻本《南田詩鈔》、道光二十六年刻本、《叢書集成》排印本《甌香館集》改。

畫雪山爲周聖濤起病

松火敲冰心暫閒，擁裘行藥地爐間。避風不捲青絲幔，坐隱烏皮看雪山。

題花落游魚

尺波無處宿鴛鴦，摇蕩春風荇帶長。忽見輕鯈初出水，落花如雪過回塘。

倣徐熙寫生

研北花枝照眼明，五雲常傍采毫生。叢華忽破霜天色，能使商秋白帝驚。

畫菜

灌罷煙蔬抱甕回，離披翠葉長春苔。仙家上藥原如此，琅菜何須碧海來。

畫菊

只愛柴桑處士家，霜叢載酒問寒花。秋窗閒却淩雲筆，自寫東籬五色霞。

題石谷楚山欲雨圖

秋窗日日晴雲裏，何事煙嵐〔一〕暗不開。看到墨花零亂處，楚山天半雨聲來。

〔一〕「嵐」原作「巒」，據道光二十六年刻本、《叢書集成》排印本《甌香館集》改。

題石谷寒林落月

亂草風汀澗路迷，水煙林霧隱荒谿。寒禽未醒巢間夢，落月無聲煙樹西。

臨宋人紈扇本

聯翩飛處影横斜，暝色如煙暗荻花。遠水微茫秋萬頃，不妨隨意落平沙。

題　畫

青青楊葉碧谿灣，闊處無雲不借山。一片蘆煙飛鷺起，此中日月異人間。

仿思翁秋山紅樹

山居幽賞入秋多，處處丹楓映黛螺。欲寫江南好風景，雲川一派出維摩。

題王奉常遺墨

蒲綠天中醉玉觴，蜀葵花似美人妝。墨花自得淋漓趣，不數包山與白陽。

畫竹

寒窗畫竹兩三枝，筆勢參差手不知。還憶去年今日事，埽華庵内雨絲絲。

題石谷子畫水竹幽居圖贈江上翁二首

看泉身似未離山，柳路斜通竹澗灣。一片微茫寒翠合，此中風月異人間。

柴門臨澗板橋西，千尺琅玕翠欲迷。我自草堂無怨鶴，不須珠樹借鸞棲。

題石谷寫唐解元詩意

谿亭竹路曉煙平，雲壁崚嶒翠削成。知是深崖秋雨後，滿林殘葉亂泉聲。

煙柳江村二首

麥畦桑火過春蠶，沙渚人家隱翠嵐〔一〕。紫燕寒潮三月雨，緑楊煙裏是江南。

到處春城響杜鵑，隋隄非復舊風煙。只今何地容漁艇，尺幅雲煙望渺然。

〔一〕「嵐」原作「巒」，據《叢書集成》本《甌香館集》改。

王山人山居圖二首

涇翠如煙出研池，此中静氣有誰知。含毫得意應思我，燭跋西窗夜語時。

靈想雲邊磵路通，問津何必待花紅。細看墨雨淋漓處，身在千巖空翠中。

題畫荷花

菡萏香生墨池〔一〕中，半池花影若浮空。花間〔二〕記得鴛鴦睡，可是田田荷葉東。

〔一〕「池」，道光二十六年刻本、《叢書集成》排印本《甌香館集》作「雨」。

〔二〕「間」原作「開」，據道光二十六年刻本、《叢書集成》排印本《甌香館集》改。

惠崇小景

石壁無雲澗户明，驅毫增我向山情。何時同作蘆汀夢，翠竹叢中聽水聲。

擬曹雲西風篁翠竹

谿上煙光不斷青，秋來無夢答空靈。雲邊吹徹伶倫管，疑在瀟湘雨後聽。

桃林紫燕

何處青青楊葉開，春風不入舊樓臺。桃花九陌無車馬，紫燕還從社日來。

萬竹山亭

霧滿空山未放晴，蒼茫一徑與雲平。籬邊盡日無人跡，萬竹林中聽鳥聲。

題畫

墨[一]池風雨失朝昏，極望迷漫何處村。欲借白雲封谷口，不教車馬到門門。

〔一〕「墨」原作「翠」，據道光十年刻本《南田詩鈔》、道光二十六年刻本、《叢書集成》排印本《甌香館集》改。

天池石壁圖

重岡細草覆陂陀，風引松花落澗阿。茅屋雨餘雲氣溼，開門不厭好山多。

畫　芋

還憶山堂夜臥遲，寒燈呼友坐吟詩。地爐松火同煨芋，自起推窗看雪時。

題畫贈李先[一]生

滄波遠嶼横天景，莫問羅浮與洞庭。我望春風楊柳路，煙山不改舊時青。

〔一〕「先」原作「天」，據道光二十六年刻本、《叢書集成》排印本《甌香館集》改。

臨唐解元小景

雪後輕橈入翠微，花溪寒氣上春衣。過橋南岸尋春去，踏遍梅花帶月歸。

梅花香棹圖送友之宛溪

江雲晴散碧山頭，南浦離情送蒯緱。前路春風知漸暖，梅花香滿敬亭舟。

元人小景

煙叢亂草經秋緑，風竹寒聲静夜聞。閒埽青谿一石磴，坐看霜樹拂高雲。

漁浦桃花

何必春風花始開，仙人知在碧山隈。白雲爲我封溪口，不放漁人出洞來。

李營丘利涉圖二首

遠天樓閣隱松篁，坐攬層峰煙翠光。知是深山前夜雨，一谿秋漲没漁梁。

樹杪晴雲磴道迷，人家還在數峰西。過谿直入千峰去，不管盤渦没馬蹄。

爲諸匡鼎畫瀟湘夜雨圖并送其入楚三首

霜滿芙蓉此送君，手搴秋草怨離群。輕帆九月湘江冷，一路青山入楚雲。
渚宮黄葉雁聲低，故國浮雲野戍迷。我向毘陵城上望，月明人隔洞庭西。
故郢城荒草色昏，黑貂蕭瑟卧荊門。秋來獨作湘南客，莫向巴山聽夜猿。

題綏山扇二首

春遊駘蕩罽袍寬，時送山光到繡鞍。匹馬青溪踏花去，滿衣空翠欲生寒。
琅玕翠色半窗深，高卧都忘霄漢心。花下紅魚來聽曲，松間碧月照彈琴。

題王廉州畫

煙樹蒼茫溼翠浮，荻花靈雨遍滄洲。墨池自有移山力，分得瀟湘一片秋。

山　茶

膩粉輕紅色未消，先催春氣上寒條。花枝耐得冰霜重，轉讓松筠説後凋。

滿堂春色圖

歌管紅樓窈窕春，銅盤銀燭照華茵。銖衣碎剪機中錦，妙舞新來掌上人。

罌粟二首

誰教碎剪明光錦，却與平鋪金屋塵。簇處樓臺霞出岫，遮來裾幄綵爲茵。

丹臺珠樹緑雲遮，仙苑新開四照花。飄渺靈妃乘翠鳳，銖衣都剪赤城霞。

虞美人〔一〕

分明翠袖盈盈立，如見紅羅步步來。霸業已無堪戰地，香魂猶有未寒灰。

〔一〕道光二十六年刻本、《叢書集成》本《甌香館集》題下有小注：「此卉之極麗者，莫花有光、有態、有韻，綽約便娟，因風拂舞，乍抵乍揚，若語若笑。予見作者能工矣輒不能似，似矣輒不能佳。蓋色、光、態、韻，在形似之外，故得之者鮮也。此種妍色，余甚畏之，攜至吴門山齋，新涼快人，始爲拈筆，未識於色、光、態、韻略有得否。」

寫秋花

紅樹歌殘倒玉壺，低垂翠袖倩人扶。只防少女風相妬，細剪秋光入畫圖。

芍藥二首

五銖衣薄不留塵，羅舞還驚窈窕身。肯與花王相近侍，笑他傾國是何人。

瑶海神娥侍宴還，舞衣初卷珮珊珊。不勝酒力星冠倒，應倩人扶十八鬟。

蜀葵二首

絳[一]蠟裝成向日薰[二]，孤根傳自蜀城分。階前漫比金錢落，獨有丹青錦作文。

錦石瓊苗珠露漙，捲簾閒倚畫闌看。黄鵝掩映歌三疊，翠袖遷延舞七盤。

〔一〕「絳」原作「蜂」，據道光二十六年刻本、《叢書集成》本《甌香館集》改。

〔二〕「薰」原作「董」，據道光二十六年刻本、《叢書集成》本《甌香館集》改。

菊花雞冠老少年合景

餌菊秋潭霜雨遲，閒圖絳幘〔一〕倚金池。但教呼得紅輪起，老去還如年少時。

〔一〕「幘」原作「幘」，據道光二十六年刻本、《叢書集成》排印本《甌香館集》改。

絳幘〔一〕

金距秋苔帶露棲，一聲疑在玉關西。十年庭下誰同舞，閒却霜天夜半啼。

〔一〕「幘」原作「幘」，據道光二十六年刻本、《叢書集成》排印本《甌香館集》改。

雞

花間得食自相呼，喔喔驚看在緑蕪。自散墨華成五色，一群都是鳳凰雛。

白芍藥

紅苞金粉露凝寒，溱洧何年贈所歡。別有澹妝稱國色，玉盤曾向月中看。

國香春霽

紅樓飄渺豔朝霞，上苑曾傳第一花。莫放春風容易過，千枝齊護碧桃紗〔一〕。

〔一〕「紗」原作「花」，據道光二十六年刻本、《叢書集成》排印本《甌香館集》改。

爲良士畫千葉桃花并題

紅綃半捲夜香温，可是傷春舊淚痕。記得隔年曾一見，粉牆深掩緑楊門。

題畫三首

清谿百轉荻花汀，煙浦微茫似洞庭。澗路雲收千樹出，芙蓉天半落空青。

柳絲新漲覆漁磯，鎮日吟詩坐翠微。谿上白鷗來伴我，露華吹滿舊荷衣。

漫將車馬過荒谿，開户春深紫燕泥。桂樹自招空谷隱，桃花應笑武陵迷。

横塘漁艇

漁唱斜陽柳岸低，此中仙陌隱花谿。花時細認横塘曲，猶恐重尋舊路迷。

題石谷畫

曉閣吟風得句遲，抽毫點石帶雲移。藤花細落香風起，簾捲山窗讀易時。

村樂圖

百里西風禾黍香，寒溝水落縠登場。老牛粗了耕耘債，齧草坡頭臥夕陽。

題　畫

遠山望去如横黛，紅葉吹來似落花。最是圖中秋景好，霜毫能起赤城霞。

題畫貓

偃草雄風勢壯哉，怒猊騰擲下蒼苔。於今社鼠應難捕，閒覷花陰蛺蝶來。

臨白石翁雨中蕉

最是桐窗夜臥邊，舞衣零落補寒煙。抽毫忽憶秋前夢，曾翦青羅覆底[一]眠。

〔一〕「底」，道光二十六年刻本、《叢書集成》排印本《甌香館集》作「鹿」。

題絳幘横秋圖

金風不動草痕青，滅燭曾從枕畔聽。爲爾雄聲殘夜[一]起，秋空零落半天星。

〔一〕「夜」原作「衣」，據道光二十六年刻本、《叢書集成》排印本《甌香館集》改。

寫大癡山偶題[一]

石迹雲峰意象新，畫師吾自憶前身。誰知放筆淋漓處，戀[二]景蒼茫是富春。

〔一〕「題」字原闕，據道光二十六年刻本、《叢書集成》排印本《甌香館集》補。
〔二〕「巒」，道光二十六年刻本、《叢書集成》排印本《甌香館集》作「嵐」。

看梅圖

半山晴雪壓松筠，一片寒香山水濱。借問長安車馬客，何如雪閣看梅人。

端陽景

榴火如珠艾葉長，紅葵還似美人妝。玉盤細切蒲根緑，浴罷蘭湯進羽觴。

題畫二首

如此谿山未可遊，泉聲不斷雨初收。何時著屐觀雲海，直到丹梯最上頭。

山明水碧暮春光，苔壁雲生澗草香。想見楞伽禪室内，坐聆松籟詠斜陽。

文待詔雲泉高士圖

翠嶠閒呼麋鹿群，風泉濺瀑静中聞。捲簾盡日焚香坐，閒看千厓起白雲。

月下竹

帶露含煙瘦影垂，王猷去後減風姿。可憐勁節無人賞，只有秋空碧月知。

水村圖意

魚罾絲網挂春煙，無數鸕鷀下渚田。紅杏花村沽酒路，綠楊溪岸釣魚船。

梨花二首

一樹梨花素雪霏，美人白紵試春衣。水晶簾下新妝竟，笑看釵梁玉燕飛。

春雨春風能幾宵，吹香落粉溼還飄。朝來試看瓊枝上，幾朵寒酥未肯消。

荷花二首

绿影遷延舞袖遲，恍如金粉散琳池。最憐謝客詩偏好，曾比芙蓉出水時。

碧玉秋成影漸稀，可憐紅豔冷相依。浦塘莫遣西風入，留補騷人舊日衣。

杏花

東風吹滿绿楊煙，一樹啼鴉驚起眠。無處踏春春欲去，高樓閒過杏花天。

紫藤

數向春煙舞絳羅，枝枝長帶好風多。玲瓏何必成珠珮，窈窕偏能學女蘿。

山水

松壑危橋澗路分，瀑花飛處下紛紛。傍巖徑入松杉去，時有鐘聲出白雲。

蠟梅

芳年將暮恨蹉跎，雪壓風欺奈爾何。瘦影自憐春不管，豈能含豔待陽和。

梨花

原非玉樹舊歌聲，簾捲東風永夜情。偏是月中容易見，石闌西畔最分明。

荔枝二首

瓊漿原道出仙家，點點枝頭映日斜。絳雪一斟無六月，安期漫説棗如瓜。

芳樹層層綴嫩芽，碧叢翠朵盡丹砂。驅馳驛路難消夏，試薦琱盤豔落霞。

爲周太史畫湖山小景

西泛群鷗伴寂寥，銅官〔一〕嵐〔二〕翠坐昏朝。先生却愛湖山好，自向圖中辨六橋。

〔一〕「官」，道光二十六年刻本、《叢書集成》本《甌香館集》作「棺」。

〔二〕「嵐」原作「巒」，據道光二十六年刻本、《叢書集成》本《甌香館集》改。

萱花

不料憂多未可忘，一枝閒澹倚斜陽。尋思何處曾看見，記得家園近北堂。

漁洋山人詩集

王士禛　山東新城人，字貽上，號阮亭，别號漁洋山人。順治乙未進士，由揚州司理累官刑部尚書。士禛詩爲一代宗匠，與朱彝尊并稱朱王，善古文，兼工詞。其幹濟風節多有可傳，皆爲詩名所掩。有《帶經堂集》、《漁洋詩文集》、《精華録》等數十種。

生於明崇禎七年甲戌，卒於清康熙五十年辛卯，年七十八歲。

題余氏女子繡洛神圖[一]

明珠翠羽魏宫粧，洛水微波渺正長。欲寫陳王舊時恨，唾絨兼倣十三行。

[一]康熙三十九年刻本《漁洋山人精華録》、康熙五十年刻本《帶經堂集》題俱作「題余氏女子繡浣紗洛神圖二首」。

樊圻畫

蘆荻無花秋水長，澹雲微雨似瀟湘。雁聲搖落孤舟遠，何處青山是岳陽。

葉欣畫

偶來獨立碧溪頭，石澗茅亭白日幽。風雨欲來山欲暝，萬松陰裏颯寒流。

雜題蕭尺木畫册四首〔一〕

旛影依稀選佛場，白雲深處劇清涼。迢迢澗水空花出，寂寂〔二〕寒山貝葉香。

山城水郭蒼茫裏，曲棧疏林遠近中。太息歐湖老詩史，直將勁筆壓關穜。「關同」，米氏《畫史》作「關穜」〔三〕。

笭箵沿溪踏亂流，秋深蘆荻風颼颼。若得五湖三畝宅，便須隨汝釣槎頭。

平生酒態嵇中散，目送飛鴻坐竹林。閒向梅花彈一曲，落花亂點碧流深。

〔一〕康熙三十九年刻本《漁洋山人精華録》題下有小注：「爲鄭御史作。」

〔二〕「寂寂」原作「寂寞」，據康熙三十九年刻本《漁洋山人精華録》、康熙五十年刻本《帶經堂集》改。

〔三〕按，現通作「闕仝」。

亡名氏畫

蘆荻〔一〕蕭蕭山氣陰，横笛吹作蒼龍吟。一聲入破鐵皆裂，舉世無人知我心。

〔一〕「荻」，康熙五十年刻本《帶經堂集》作「花」。

惲向千年競秀圖

萬壑千巖雲霧生，曹娥江外幾峰晴。分明乞與樵風便，身向山陰道上行。

葉欣離宮秋曉

翠華寂寂罷宸遊，苑樹聲悽碧水流。一片敗荷千點葉，靈波宮外不勝秋。

鄒衣白畫

雲嵐〔一〕半幅落人間，衣白山人去不還。却憶題詩東澗老，夕陽粉本出關山。末七字，虞山翁題衣白畫句。翁晚年號東澗遺老。〔二〕

〔一〕「嵐」原作「巒」，據康熙三十九年刻本《漁洋山人精華録》、康熙五十年刻本《帶經堂集》改。

〔二〕「翁晚年號東澗遺老」原闕，據康熙五十年刻本《帶經堂集》補。

胡元潤畫

白波青嶂非人境，憶住江南過五年。今日長征老鞍馬，菰蒲春雨夢江天〔一〕。

〔一〕「天」原作「南」，據康熙三十九年刻本《漁洋山人精華録》、康熙五十年刻本《帶經堂集》改。

八册小景地在吴江，與平望相連。

八册西風曉鏡鋪，家家網得四腮鱸。水鄉風味江南思，何日扁舟鶯脰湖。

趙澄畫

江南春意到寒梅，曲崦迴汀幾樹開。銅井銅坑風雪裏，曾攲烏帽跨驢來。

題胡玉昆宋梅圖〔一〕

風雨厓山事杳然，故宫疏影自年年。何人寄恨丹青裏，留伴冬青哭杜鵑。

〔一〕康熙三十八年刻本《漁洋詩集》題作「題胡玉昆南新水部署宋梅圖」；康熙三十九年刻本《漁洋山人精華録》題作「題胡玉昆宋梅圖爲程翼蒼」；康熙五十年刻本《帶經堂集》題作「題胡玉昆南新水部署宋梅圖爲程翼蒼」。

爲高念東侍郎題文衡山畫二首

驢影淩兢〔一〕冬氣昏，危亭孤棧簇煙村。披圖正有溪山夢，風竹蕭蕭雪擁門。

凍合千山鳥不飛，梅花香裏踏青暉〔二〕。先生只向江南老，不見天山雪打圍。

〔一〕「兢」原作「競」，據康熙三十九年刻本《漁洋山人精華録》、康熙五十年刻本《帶經堂集》改。

〔二〕「暉」原作「輝」，據康熙三十九年刻本《漁洋山人精華録》、康熙五十年刻本《帶經堂集》改。

王筠侣畫草蟲爲大司寇梁公題

髯翁任誕如忠恕，脱屣朱門傲五侯。肯爲尚書寫幽興，碧花紅穗草堂秋。

題黄鶴山樵畫〔一〕

憶昨茅齋雪霽時，地鑪松火夜談詩。春風騎馬長安去，如此溪山坐付誰。

〔一〕康熙五十年刻本《帶經堂集》題下有小注：「以下四首爲徐東癡隱君賦。」

爲許生洲比部題梅淵公畫

柏梘山中舊草堂，溪流淼淼樹蒼蒼。白雲谷口不飛去，臥聽松風春晝長。

題冒辟疆姬人圓玉女羅畫三首

雪後空庭氣蕭瑟，千頭紓竹尚嬋娟。畏寒凍雀不飲啄，斜日踏枝相對眠。疏篁寒雀

記取淩波微步來，明珠翠羽共徘徊。洛川淼淼神人隔，空費陳王八斗才。水仙

堂堂策策百千頭，荇葉菱花滿碧流。彷彿吴興騎馬處，江南風色白蘋洲。蘋花戲魚

題龔節孫種橘圖二首

震澤鱸魚欲上竿，千林風露熟金丸。美人無事披香坐，領得頭銜是橘官。

會稽内史風流甚，三百封題引興長。何日扁舟洞庭上，與君小摘滿林霜。

題其年填詞圖

玉梅花下交三九，其年詞句。紅杏尚書枉擅名。記得微吟倚東閣，梅花如雪撲簾旌。

題顧茂倫雪灘釣叟圖二首

垂虹秋色東南好，雨笠煙簑送此生。今日三高祠下過，唯君不愧隱人名。

彷彿桐江百尺臺，傍人漫作客星猜。投竿一笑煙波外，陽鱎紛紛入釣來。

爲愚山侍講題〔一〕

山氣化雲雲作煙，幽人簑笠不知年。清溪曲逐楓林轉，紅葉無風落滿船。

〔一〕康熙三十八年刻本《漁洋詩集》、康熙五十年刻本《帶經堂集》題俱作「爲愚山侍講題蓀友簡討畫用韻」；康熙三十九年刻本《漁洋山人精華録》題作「爲愚山侍講題嚴蓀友畫」。

雨夜再〔一〕題梅瞿山畫松

林燈明暗雨〔二〕模糊，雷電冥冥夜氣孤。破壁長松欲飛去，曉來疑是坐龍圖。宣和御府所藏有僧傳古《坐龍圖》。

〔一〕「再」字原闕，據康熙三十九年刻本《漁洋山人精華録》、康熙五十年刻本《帶經堂集》補。

〔二〕「雨」原作「兩」，據康熙三十九年刻本《漁洋山人精華録》、康熙五十年刻本《帶經堂集》改。

錢選折枝牡丹二首

三尺霜縑寫鼠姑，檀心倒景〔一〕貌來殊。如今疑夢還非夢，曾向南泉見一枝。卷中多納〔二〕子詩。

驛騎筠籠進折枝，洛陽金粉入宫時。永嘉水際知多少，謝客曾無五字詩。

〔一〕「景」，康熙三十八年刻本《漁洋詩集》、康熙三十九年刻本《漁洋山人精華録》、康熙五十年刻本《帶經堂集》俱作「暈」。

〔二〕「納」，康熙三十八年刻本《漁洋詩集》、康熙三十九年刻本《漁洋山人精華録》、康熙五十年刻本《帶經堂集》俱作「衲」。

題乘風破浪圖二首

海外真看大九洲〔一〕，青天一髮是琉球。人間奇觀君知否，萬里滄溟〔二〕萬斛舟。

百靈不散石郵間，親見神魚跋浪閒。青史他年詑奇事，天風三日到中山。

〔一〕「洲」，康熙三十八年刻本《漁洋詩集》、康熙三十九年刻本《漁洋山人精華録》、康熙五十年刻本《帶經堂集》俱作「州」。

〔二〕「冥」，康熙三十八年刻本《漁洋詩集》、康熙三十九年刻本《漁洋山人精華録》、康熙五十年刻本《帶經堂集》俱作「溟」。

題查夏重蘆塘放鴨圖二首

横塘盡日雨濛濛，閒倚笭箵掛釣筒。坐愛琉璃一千頃，菱花風急罥鳧翁。

鴨頭丸帖種魚經，盡日蘆碕泛渺冥。何似漁陽隨突騎，天風齊放海東青。

題張力臣小照二首

瘞鶴銘邊攜屐日，羊侯祠下卸帆時。吴山楚水探奇遍，不覺秋霜點鬢絲。

金石遺文太放紛，摩娑千卷對鑪薰。白頭更訪鴻都學，手拓陳倉石鼓文。

題沈客子林屋幽居圖五首

萬頃玻璃不受塵，樓居高與太清鄰。紫泉石髓儻留得，我欲因之窮左神。

隱几春山似畫屏，下窺玉柱接金庭。禹書縱遺靈威守，合爲幽人一畝扃。

五月楊梅血色斑，雲林十里畫圖間。杉皮屋子青苔徑，獨占吴王消夏灣。

玉堂酒渴夢江南，林屋東西路舊諳。煩汝封題三百顆，夜來霜信到黄柑。

漁洋山下是吾家，山北山南半種茶。留得繖山方竹杖，待君風雪探梅花。棲霞紫峰閣前有方竹一叢，予取以作杖，方爾止銘之〔一〕。

〔一〕「方爾止銘之」原闕，據康熙三十九年刻本《漁洋山人精華録》補。

題朱竹垞檢討雪景小照三首

雪後溪山畫不如，梅花林外跨青驢。相逢莫笑酸寒甚，曾校華林七録書。

雪屋寒林斷晚煙，板橋流水尚潺潺。不逢才子安鴻漸，定是襄陽孟浩然。

風急天山雪打圍，下韝鷹疾掠空飛。誰知驢背江南客，手拗寒香插帽歸。

題小長蘆爲竹垞作〔一〕

一簑一笠日相隨，不似官人似釣師。七字愛吟楊處士，亂堆漁舍晚晴時。

〔一〕康熙三十九年刻本《漁洋山人精華録》題作「題小長蘆圖三首爲竹垞作」。

畫荔枝

愛道天南五月時，側生作實正離離。今宵畫裏分明見，飽向楓亭擘荔枝。

程端伯畫二首

憶向蟠螭山下過，虎〔一〕橋松畔暫停舟。依稀光福雲中塔，春雨新添上崦流。

琴中賀若誰能解，詩裏淵明子細尋。古木蒼山數茅屋，青溪遺老歲寒心。

〔一〕「虎」原作「處」，據康熙五十年刻本《帶經堂集》改。

陳涉江畫

絶壁亭亭瀑布分，諸峰欲雨氣氤氳。遥看一片蒼茫裏，惟有孤松和白雲。

施霖[一]畫

叢篠陰中破竹廊，四圍山色鬱蒼蒼。道人閒即支窗坐，坐愛青溪白日長。

[一]「霖」原作「霜」，據康熙五十年刻本《帶經堂集》改。

陳洪綬梅

鄧尉山中千萬樹，老蓮筆底兩三枝。孤檠坐對寒[一]江夜，夢到銅坑雪霽時。

[一]「寒」，康熙五十年刻本《帶經堂集》作「鑾」。

葉欣畫

雞犬桑麻如上世，山青水碧自成村。桃花萬點春三月，時有東風爲埽門。

項聖謨雪景

西湖上日鶯花好，特寫荒寒一片山。知有何人躭寂寞，雲林煙雪有無間。

楊補畫

布衣曾説楊無補，筆墨風流自一時。留得永嘉遺蹟在，殘山剩水也堪思。

寒林獨釣圖

江湖欹枕夢風雪，折竹斷橋人不行。笭箵在船簑在背，漁洋山下足吾生。

趙雪江畫

山如十斛新螺子，柳映雙谿舊鴨頭。圩外秧針初刺水，鯗魚時節坐扁舟。

鄒喆畫

山深樹色變黃緑，天高石氣摩青蒼。何人寫著盧鴻乙，便是終南舊草堂。

題公猷畫送樵徑歸長白

青山一帶似秦餘，谷口逃名共結廬。何日真如圖畫裏，醴〔一〕泉山下對門居。

〔一〕「醴」原作「釀」，據康熙五十年刻本《帶經堂集》改。

題周荃觀察畫〔一〕

石勢槎枒亂水〔二〕間，扁舟有客弄潺湲。乾坤何處無漁釣，空愛周侯著色山。

〔一〕康熙五十年刻本《帶經堂集》題作「又題周荃觀察畫」。

〔二〕「水」原作「木」，據康熙五十年刻本《帶經堂集》改。

題李長文學士畫册

遥峰幾點落平湖，漁艇沿流水鳥呼。常惜當年孔巢父，釣竿不肯拂珊瑚。

爲李公凱學士題謝西村雜畫三首

陶峴三舟載賓客，鴟夷一舸下姑蘇。不如細雨斜風裏，還我煙波舊釣徒。
一帶青山罨畫長，半篙春水即滄浪。䍧翁濯濯蒲芽短，黄柳千絲亂夕陽。
崦隔雲林石磴危，林端紺宇露參差。分明倚杖開先寺，雙劍峰前看瀑時。

爲敦復大宗伯題王石谷畫[一]

眼明忽見楚江船，烏桕丹楓歲暮天。憶在滁岑修竹裏，滿天風雪指龍眠。滁岑，陳默公兵部別墅。

〔一〕康熙五十年刻本《帶經堂集》題作「爲張敦復宗伯題王石谷畫」。

題高詹事梓花圖卷[一]二首

文梓青牛事已遐，瀛山重見滿林花。九成絳雪人閒少，須問仙人蔡少霞。
天半朱霞照赤城，輕綃貌出可憐生。一從寫入吴都賦，平仲君遷任擅名。

〔一〕康熙五十年刻本《帶經堂集》題作「題高江村詹事梓花圖卷」。

題禹鴻臚卜居圖

白沙翠竹浄娟娟，屋角扳罾屋後船。除却書圖〔一〕雞犬外，更無殘客與周旋。

〔一〕「書圖」，康熙五十年刻本《帶經堂集》作「圖書」。

爲門人宗梅岑元鼎題荔枝圖〔一〕

妃子宫中病齒時，紅塵川使與星馳。不堪重問華清事，又向丹青見一枝。

〔一〕康熙五十年刻本《帶經堂集》題下有小注：「庚戌舊作追録。」

題林吉人看雲圖送之歸閩二首

終南雲物入秋奇，輞水淪漣月上時。絶景千秋誰拾得，丹青一幅右丞詩。

秋光九曲望紛紛，惟有清流和白雲。一片征帆留不得，歸心先寄武夷君。

題黄山采芝圖[一]

三十六峰青不齊，容成遺竈隔丹梯。迴絃一鼓商山操，自抱孤琴去阮溪。

[一]康熙五十年刻本《帶經堂集》題作「再題黄山采芝圖」。

題盧溝送别圖送周七燕客之揚州

二月都亭折柳條，盧溝風雪正瀟瀟。酒醒何處江樓笛。已泊隋家廿四橋。

題趙齋如畫石

九華縮向一壺中，突兀毫端見化工。傳語東坡老居士，百金休買碧玲瓏。

題茂京侍講山水小幅

宿雨初收雲未還，數峰杳靄出雲間。一峰蛾緑更娟好，大似吾家魚子山。《水經注》：魚子水經此下山。

題門人孫貞伯嗣端松石閒圖

偶似襄陽坐磐石，還如栗里撫孤松。幽居盡日無人跡，閒看春山鹿養茸。

題汪東山修撰秋帆圖三首

一片雲帆曉入吴，過江三日是姑蘇。橙黄橘緑西風裏，目送歸鴻下太湖。

緑簑黄帽雨瀟瀟，便趁吴淞[一]江上潮。歸去行吟何處好，維摩僧寺破山橋。

弱齡薄技悔雕蟲，拂拭當年荷鉅公。紅豆莊中人去久，花開花落幾春風。此首專憶錢牧齋先生。

[一]「淞」原作「松」，據康熙五十年刻本《帶經堂集》改。

題陳丙齋少司寇閒園圖二首

西郊風物美林泉，笻屐相羊可判年。彷彿戴公山下路，雙柑斗酒暮春天。[一]

裙腰草緑水平池，園柳鳴禽又一時。西射堂前春事好，五言傳得謝公詩。

〔一〕康熙五十年刻本《帶經堂集》無此詩。

爲静山題罌粟花

種及明河玉露涼，猩紅雪白占春〔一〕光。如何費盡東〔二〕風力，才飽朱儒粟一囊。

〔一〕「春」原作「秋」，據康熙五十年刻本《帶經堂集》改。
〔二〕「東」原作「西」，據康熙五十年刻本《帶經堂集》改。

題文五峰驪山圖

一堂金碧渭川明，憶上東西繡嶺行。彷彿曉風殘月裏，舊遊如夢是華清。

畫雞 惲壽平作

日出驪山千隊合，霜清函谷一聲啼。棗泉宮畔曾爲客，錯認陳倉碧野雞。

洛神扇頭

蕉萃姬姜事已殊，神霄結恨向歸塗。故將蘭葉描衣帶，縹緲淩波恰半銖。

題馮女郎畫蘭

丐得騷人筆下妍，玉池清照影娟娟。一從弱質辭空谷，冶葉倡條盡可憐。

題射虎圖

將軍百戰未封侯，射虎南山草木秋。雪壓屠蘇展圖畫，一天風色偃貂裘。

大獵圖二首

風高弓勁馬初肥，千帳傳呼大合圍。新試鶻窠鷹背犬，草頭一點疾如飛。

紅妝小隊驀山來，霹靂鳴弓月樣開。一笑雲中飛鳥落，蠕蠕公主按鵰迴。

敬業堂詩集

查慎行　浙江海寧人，初名嗣璉，字夏重，後更今名，字悔餘，號初白，又號查田。少受學黃宗羲，於經邃於《易》；然所長尤在詩，好遊山水，一託於吟詠，故篇什最富。康熙癸未時，以舉人特賜進士，官編修，告歸。弟嗣庭獄起，盡室赴詔獄，世宗知其端謹，特放歸。所著《敬業堂詩文集》，黃宗羲比之陸游。又有《周易玩辭》、《經史正譌》、《蘇詩補注》、《人海記》、《黔中風土記》等書。生於清順治七年庚寅，卒於清雍正五年丁未，年七十八歲。

王黃湄給諫屬題紅袖烏絲圖二首

十級丹梯百媚城，小闌高下得芳情。美人一笑花齊放，爲報毫端鍊句成。
橫幅看題幼婦辭，箇中多識背時宜。只除一事曾瞞却，諫草焚來不遣知。

題禹平水村圖二首

蓼洲疏雨荻洲煙，一扇低篷水拍天。不礙〔一〕主人長作客，披圖還有鶴看船。

春波十字水西東〔二〕，草淺迴塘有路通。著個歸人應更好，倒騎烏〔三〕犊柳陰中。

〔一〕「礙」原作「擬」，據康熙五十八年刻雍正增修本《敬業堂詩集》改。

〔二〕「西東」原作「東西」，據康熙五十八年刻雍正增修本《敬業堂詩集》乙正。

〔三〕「烏」原作「鳥」，據康熙五十八年刻雍正增修本《敬業堂詩集》改。

禹尚基屬題水村圖小照二首

縈青繚白埭西東，門掩檀欒倒影中。千片白鷗波萬頃，釣竿只占一絲風。

朝衫猶絆未歸人，畫裏鬚眉澹有神。已辨布〔一〕鞵青篛笠，問渠何路出黄塵。

〔一〕「布」，康熙五十八年刻雍正增修本《敬業堂詩集》作「青」。

題許霜巖畫扇

風前掩亂萬梢柳，柳外天〔一〕斜一扇篷，箇是儂家舊詩景，江湖回首畫圖中。

〔一〕「天」原作「夭」，據康熙五十八年刻雍正增修本《敬業堂詩集》改。

題沈客子寒郊調馬圖二首

潑墨揮毫事事能，帶腰吟瘦沈吳興。如何却向漁陽道，毡帽茸裘學按鷹。

小益戎裝悔浪遊，不成投筆取封侯。殘年射虎非吾分，白石山南去飲〔一〕牛。

〔一〕「飲」，康熙五十八年刻雍正增修本《敬業堂詩集》作「飯」。

題西畯月波吹笛圖二首

苔樣蓑衣緑蓋篷，輕篙閒插月明中。水禽兩兩背船去，獨〔一〕倚蘋洲一笛風。

一天雲細作魚鱗，千頃頗黎瀉滏銀。解聽鶴南飛曲好，不知誰是倚樓人。

〔一〕「獨」原作「猶」，據康熙五十八年刻雍正增修本《敬業堂詩集》改。

題陸漢標墨菜圖

小圃朝來露未晞，早菘青脆晚菘肥。老饕不要園官送，直擬從君攫畫歸。

題高江村先生泛槎圖小影次韻

葛陂龍化杖如仙，欲捲銀河瀉作泉。除是先生能鎮定，波濤人海正黏天。

題陳言揚抱膝圖二首

使君與僕孰英雄，寄托如何不約同。此意沈吟應共惜，半生光景畫圖中。
與君識面從兒稺，不覺形容漸失真。同是庚寅吾獨老，始憐衣上十年塵。

再題言揚看舞圖

舞袖雖長不自持，歌喉縱好有誰知。賞心或在人情外，看取停歌罷舞時。

題王赤抒籬豆畫卷二首

豆葉翻飜豆莢肥，檐前蔌蔌草蟲飛。故園秋意忽到眼，一陣野風吹客衣。

沿籬手種兩三塍，引蔓垂梢漸滿棚。生被畫家偷樣去，帶花拗折一枝藤。

題王令詒松南柳磯圖三首

自截�竿八尺餘，偶從沙際伴春鋤。人間果有絲綸手，未必臨淵便羡魚。

曾是春衣染汁新，一官臨出又逡巡。萬條楊柳風情在，猶戀當年手種人。

三畝菱租割水田，披圖閒指〔一〕好山川。歸人預作明年計，欲借橋東放鴨船。

〔一〕「指」，康熙五十八年刻雍正增修本《敬業堂詩集》作「惜」。

虞山錢勄谷屬題采藥圖二首

小年長日正遲遲，算是樵柯欲爛時。大抵人情多好勝，偶逢仙敵亦争棋。

玉柱金庭境久閒，頗聞巖谷異人間。長鑱誰斸雲根斷，片片飛來盡出山。

戲題旅壁畫龍

誰言尤物性難馴，長養方成爪角鱗。畫手不然爭猊[一]得，可憐曾傍豢龍人。

〔一〕「猊」，康熙五十八年刻雍正增修本《敬業堂詩集》作「貌」。

爲翁景文題[一]

緑蕉葉折風無賴，紅蓼花垂雨不情。一個草蟲鳴似訴，故來紙上作秋聲。

〔一〕康熙五十八年刻雍正增修本《敬業堂詩集》題作「爲翁景文題畫」。

題曹渭符舍人畫扇

移得城南魚藻池，便從紙上寫淪漪。畫師正恐妨魚樂，不著飛來雙鷺鷥。

題吴紫莓所藏吴白設色金銀花[一]

天公省事厭紛華，澹白微黄本一家。却被毫端勾染出，無端分作兩般花。

〔一〕康熙五十八年刻雍正增修本《敬業堂詩集》題作「題吴紫苺所藏吴白畫設色金銀花」。

題沈南疑林屋山居圖卷子二首

莫釐峰下是查灣，及記扁舟厭雪還。一事至今留缺陷，不曾西到石公山。

浮家泛宅事良難，綰綬行將赴一官。縱使買山争得住，故應寫作畫圖看。

題又微姪載花圖小景

落魄江湖不計年，風流別是一生緣。桃根桃葉無顔色，迴避儂家載酒船。

再題種菜圖二首

還君一首遂初賦，和我三章學圃詩。彈鋏思魚原失策，封侯食肉更何時。

黄齏百甕亦前因，腰腹如渠那稱貧。也與萬羊同一飽，算來原自可驕人。

戲題陳叔毅桃葉渡江圖小照二首

三生一夢坐多情，謫向江湖是酒星。桃葉桃根雙姊妹，可堪隨汝作浮萍。
詞賦江關漸白頭，倩人扶上木蘭舟。殷勤聽唱公無渡，不爲風波也合休。

題江陰周氏女郎設色草花

野花最好是無名，纖手親煩點染成。吹得蜂腰比人瘦，東風輕薄可憐生。

題費而奇畫水仙月季花

水邊林下各幽姿，春在梅花未吐時。誰替天公管正月，一梢初點濱燕支。

次韻題施翼聖東荒田舍圖

宛轉溪橋有徑通，竹梧新長屋邊叢。市聲只在牛羊外，吹散蕢洲一篴風。

題朱楫師所藏咸三畫羅浮五色蝶〔一〕二首

山中木葉尋常化，野老籬邊作伴遊。驚見畫圖新樣好，夜來高枕夢羅浮。

問渠多有幾銖輕，栩栩能傳紙上聲。好笑虎頭癡獨絶，欲將蛺蝶占時名。

〔一〕康熙五十八年刻雍正增修本《敬業堂詩集》題作「題朱楫師所藏顧咸三畫羅浮五色蝶」。

王麓臺前輩爲余畫扇自題其後索同直諸君和

萬樹鳴蟬水一隈，西山驟雨過輕雷。看君老筆〔一〕如并剪，割取浮嵐〔二〕暖翠來。

〔一〕「筆」原作「輩」，據康熙五十八年刻雍正增修本《敬業堂詩集》改。

〔二〕「嵐」原作「巒」，據康熙五十八年刻雍正增修本《敬業堂詩集》改。

題陳允升塞外牧羊圖後四首

誰護儲胥峙糗糧〔一〕，開邊端合用陳湯。即看士馬歡騰後，宴犒猶餘万角羊。

鞭策曾趨萬騎先，鐃鉦親扈六飛旋。當初應笑栘中監，雪北蒙氊十九年。

橫草功名一例看，牧羊何似牧民難。郎潛此日憐頭白，辛苦邊州兩政官。

春草如秧際緑蕪，駈群何日首歸途。一蓑煙雨村南北，添寫巾箱考牧圖。

〔一〕「糧」，康熙五十八年刻雍正增修本《敬業堂詩集》作「粻」。

題費曉城同年牧牛圖

嫩草如秧水似油，雉疏閒放白蘋洲。畫師最得華陽趣，不取黄金寫絡頭。

題酉君爲家少詹姪畫四時花卉二首

乍驚五色江郎筆，幻出黄筌四季花。知是餘波多綺麗，未妨〔一〕遊戲亦名家。

吹開吹謝自年年，人世風災絶可憐。一片丹青非色界，四禪天是養花天。佛書有初禪、二禪、三禪、四禪天，至四禪天始無風災。

〔一〕「妨」原作「放」，據康熙五十八年刻雍正增修本《敬業堂詩集》改。

題顧桓吴江送别圖爲紀可亭學博賦

舟移碧草緑波岸，人别曉風殘月時。此景此圖誰會得，江郎賦筆柳郎詞。

題陳緎庵前輩西溪探春圖二首

竇所墖邊松木場，小溪冰泮緑泱泱。竹篙撑到水窮處，臘雪不香春雪香。

不怕京塵漲帽裾[一]，參横月落正思君。何人唤醒羅浮夢，萬壑千巖皆白雲。

〔一〕「裾」，康熙五十八年刻雍正增修本《敬業堂詩集》作「裙」。

荷陰清暑圖揆院長屬賦四首

緑水亭南萬緑楊，一奩明鏡貯煙光。自移玉井如船藕，高放花頭盡出牆。

碧雲擎蓋午陰涼，不獨花香葉亦香。想見公門清似水，春耡飛近讀書牀。

六月遊人汗汁融，透肌一陣好涼風。欲知魚樂看魚戲，長在田田翠影中。

比似濂溪愛有加，年年貪看畫[一]中花。直從葉點青錢後，剥過蓮蓬始到家。先生每歲扈從避暑，故云。

[一]「畫」原作「書」，據康熙五十八年刻雍正增修本《敬業堂詩集》改。

把犁圖爲汪荇洲前輩題二首

宛轉橋通曲折溪，緑陰南北岸東西。玉堂不少栽花地，爲愛山村雨一犁。

身占蓬池第一流，却從跨鳳想騎牛。山中宰相他年事，不要黄金畫絡頭。用《南史·陶弘景傳》中事。

題杜子綸庶常填詞圖二首

點拍吹簫色色工，梨雲一研雨聲中。風流爾許真堪妬，自琢新詞教小紅。

早是人歌緩緩歸，誰搓[一]柳汁染郎衣。杏花鞾汗桃花雨，懊惱樊川杜紫微。

[一]「搓」原作「槎」，據康熙五十八年刻雍正增修本《敬業堂詩集》改。

題宋蘭暉潯陽送客圖

聊借琵琶寓苦吟，多緣淪落望知音。後來信有商人婦，直被香山賺到今。

題石谷山水[一] 四首

浮嵐[二]暖翠望重重，幾道清泉出古松。知有僧樓尋不到，似聞一杵隔雲鐘。

水匯山環去復回，林端無徑不梯苔。石梁果與天台接，可許人間驄[三]馬來。

想當潑墨目無前，董巨源流却井然。天下溪山皆粉本，空中結構是雲煙。

朱瑶晚輩今多少，真蹟尤宜[四]愛惜看。見説山人年八十，白頭重畫此圖難。

〔一〕康熙五十八年刻雍正增修本《敬業堂詩集》題作「題王石谷山水」。

〔二〕「嵐」原作「巒」，據康熙五十八年刻雍正增修本《敬業堂詩集》改。

〔三〕「驄」原作「肉」，據康熙五十八年刻雍正增修本《敬業堂詩集》改。

〔四〕「宜」，康熙五十八年刻雍正增修本《敬業堂詩集》作「須」。

題鄭寒村爲魏仿韓畫棲鶴圖

鳧雛雁子影參差，篕羽群窺浴鳳池。争及寥天秋一鶴，巢松獨占舊高枝。

龔蘅圃屬題田居圖爲王石谷所畫[一]三首

我愛西泠[二]龔侍御，候樵開徑擬[三]村莊。前身似是黄清遠，好補田居辭九章。元浦江黄景昌，自號田居子，作《田居古調辭》九章，事載《吴淵潁集》，惜其辭不傳。「候樵」、「開徑」，九章中篇名也。

更愛虞山王石谷，爲君破墨寫桑麻。晚年變盡大癡法，瀟灑自當名一家。

上洞煙波下澳田，朱陂楊柳陸池蓮。爲農果若畫中樂，吾亦嬾尋辟穀仙。

〔一〕康熙五十八年刻雍正增修本《敬業堂詩集》題爲「龔蘅圃屬題田居圖圖爲王石谷所畫」。

〔二〕「泠」原作「令」，據康熙五十八年刻雍正增修本《敬業堂詩集》改。

〔三〕「擬」原作「礙」，據康熙五十八年刻雍正增修本《敬業堂詩集》改。

題李峻瞻移情圖

江峰不比海山深，鼓瑟何如聽鼓琴。不是琵琶箏笛手，莫從人境〔一〕覓知音。

〔一〕「境」原作「竟」，據康熙五十八年刻雍正增修本《敬業堂詩集》改。

題朱苐園㔉菜圖

食肉何當更食魚，算來無味比園蔬。勸君勤把金鴉嘴，種後工夫尚費㔉。

中伏日題瑞金楊季重秀才深隴梅花圖二首

我昨曾遊大庾嶺，梅花臘月已全開。君家想在畫邊住，那不叩門衝雪來。

矮屋疏籬曲曲通，何來一陣過溪風。人間炎熱無處避，好入先生詩句中。

再爲笠乘題江天一笠圖次原韻二首

魚尾殘霞照水紅，健帆劈箭指遥空。渡江桃葉不用楫，自有少男少女風。

浪白天青〔一〕曉日紅，飄蕭一笠好淩空。人生快意偶然爾，若是順流休使風。

〔一〕「天青」，康熙五十八年刻雍正增修本《敬業堂詩集》作「青天」。

滄洲近詩

陳鵬年　湖南湘潭人，字北溟，別字滄洲。康熙進士，累擢江寧知府，以清廉著，有「陳青天」之稱。爲總督阿山誣下獄，江寧人痛哭罷市，學使者按試句容八邑，生童皆火其卷去。事白，起爲蘇州知府。官至河道總督，兼攝漕運總督，卒謚恪勤。有《道榮堂文集》、《喝月詞》、《歷仕政略》、《河江條約》等書。生於清康熙二年癸卯，卒於清雍正元年癸卯，年六十一歲。

題顧氏畫册二首

王香空谷少人知，九畹春含雨露姿。一卷騷歌琴一疊，光風長共墨淋漓。墨蘭

千畝琅玕个个風，蕭蕭直節并蘭叢。十年歸夢瀟湘路，只在空濛煙雨中。墨竹

題羽士畫像二首

石上頹然老鶴形，朱顏緑髪玩黄庭。蓬萊淺後年多少，手植松根百尺青。
萬丈青霞鏁洞宫，杜門長日對芙蓉。丹鑪莫斷陰陽火，曾事仙人白兔公。

題羽士採芝圖

紫微洞口採芝還，瘦鶴形容盡日閒。家在白雲最深處，桃花流水萬重山。

題王石谷山水

野人林壑自清幽，雨後陂塘水亂流。偶向横橋看山色，鏡中無數夕陽秋。

題友人小影三首

人與雲泉一樣清，科頭盡日少將迎。耳邊但有濤千斛，試聽松聲是水聲。
松下流雲石上泉，幽人來往不知年。三茅家近龍鱗老，手把南華第幾篇。

溪南溪北路延緣，心跡清如萬頃泉。無限丹楓帶秋色，共君倚醉夕陽天。

題高僉事所畫海濱放鶴圖

僉事諱其佩，官浙江温處僉事〔一〕。能以指頭作畫，甚工。此幅故江南江鎮副使許可庵所藏物也，尤稱神品云〔二〕。

散髮疑同丁令威，逍遥樹下自忘機。桑田海水能知否，一任天空放鶴飛。

〔一〕「僉事」原闕，據乾隆二十七年刻本《滄洲近詩》補。

〔二〕「此幅」以下文字原闕，據乾隆二十七年刻本《滄洲近詩》補。

題友人小像二首

江上千家看夏雲，紅塵車馬日紛紛。如何吟向深梧裏，一種清涼獨有君。

疏林怪石水潺潺，盡日哦詩盡日閒。那得青錢三十萬，與君攜手買青山。

題友人畫册十二首

萬壑千峰自一村，飛亭獨跨水潺湲。坐來山翠兼溪雨，衣上蒼寒不可捫。

芳草青青返照紅，王孫江上路何窮。抱琴歸去柴門晚，一片春帆暮色中。

兩袖煙嵐〔一〕積未消，梵宮秋隔虎溪遥。遠公酒熟如相待，有客騎驢到板橋。

平田白水自逶迤，盡日孤村人未知。山色千重萬重雨，小窗閒看夕陽遲。

落落雙松掛女蘿，稜稜怪石蘚痕多。頻來不擬誇三友，試聽風生萬斛波。

懸泉頂上走飛龍，鳥道縈紆翠幾重。記在仙橋看瀑布，杖黎行遍萬株松。

夕陽照水柳含煙，野渡停橈網繫船。春浪不知添幾尺，閒心静對白鷗眠。

高林葉落水淙淙，雲氣山光黯澹中。一縷斜陽横雁字，秋懷詩思兩無窮。

渭川千畝水瀠洄，路指篔簹谷裏開。不信此中延二仲，素心期與入林〔二〕來。

月出寒潭秋水清，空山水月互澄明。偶來玩月呼尊酒，坐看千峰煙霧生。

每愛尋幽歷翠微，雪霜寒上薜蘿衣。夕陽倦鳥下峰路，萬壑攜筇人獨歸。

凍合千江玉一壺，漁樵歸路晚模糊。梅花折供高齋裏，補入孤山放鶴圖。

〔一〕「嵐」原作「巒」，據乾隆二十七年刻本《滄洲近詩》改。

〔二〕「林」原作「秋」，據乾隆二十七年刻本《滄洲近詩》改。

題裔皆吉讀禮圖二首

深墨形枯淚血紅，肝腸寸寸寫難工。墓門宿草無端一作「窮」字恨，半夜啼烏一樹風。

茶苦何年廢蓼莪，淚痕争與墨滂沱。傷懷搦管披圖處，落日西山涕泗多。

題友小人像

修篁白石水淙淙，巖電清標林下風。盡日軟塵飛不到，金閨人在玉壺中。

題汪羲尚深柳草堂圖六首

廣陵舊是繁華地，煙月猶餘六代痕。不信緑楊城郭畔，有人箕踞坐孤村。

白板爲橋竹作籬，門前一水碧漣漪。漁郎莫指桃源隔，陌上車塵總不知。

無數蒼苔石上生，空林盡日少人行。夜來山瀑兼溪雨，不是蕉聲是竹聲。

釣童溪老[一]各徘徊，不正軒窗逐水開。恰少夕陽横遠岫，隔江一縷送青來。

水村煙火舊成鄰，桑果依依雞犬馴。更有騎驢道傍客，往來俱是畫中人。

圍棋賭墅尋常事，看竹停車亦偶然。安得黄山好畫手，老髯添在石橋邊。

〔一〕「老」原作「上」，據乾隆二十七年刻本《滄洲近詩》改。

題羽士夏元長蟠桃壽母圖

度索山頭子滿枝，似隨青鳥降瑶池。東方若解偷遺母，差勝當年割肉時。

題俞西友飯牛圖三首

幾樹垂楊映碧溪，飯牛林下草萋萋。畊煙莫便呼龍去，欲乞君家雨一犁。

有客呼牛君亦應，是牛是我兩何憑。知君齊物原如此，烏犍何妨唤也僧。西友別號也僧。

夜長不必起欷歔，角上何勞掛漢書。身在太平堯舜日，茂林豐草共如如。

題劉漁齋荷香清夏圖三首

竹深荷浄兩無窮，曲曲澄波面面風。解道人間忘六月，不知身在水精宫。

水邊修禊似蘭亭，林下還聞聚德星。不信君家工頌酒，醉中摇筆是劉伶。

枚里風光幾度春，趙樓吟賞一時新。虚懷手板塵中吏，不及當年看竹人。余曾爲山陽令。

題徐辛齋行人雲溪草堂圖六首

洮湖一曲是雲溪，雲裏松篁路轉迷。乞與比鄰共千古，坡仙居在草堂西。

十年郎署嬾朝天，家有毘陵負郭田。不爲稻梁能奉母，未須閒弄釣魚船。

碧玻瓈浸紫芙蕖，白鶴青松意可呼。似有書聲出齋壁，分明架筆是珊瑚。

壯歲豈宜丘壑中，清時方急補山龍。十年領取君須記，絲竹何妨共鼎鐘。

半〔一〕屋漁莊十畝閒，恍然身入畫圖間。怪來仍唱江南月，也似瀟湘一抹山。

雲光溪色澹延緣，雪下長虚剡曲船。春水初生鴨頭緑，訪君剛是養花天。

〔一〕「半」，乾隆二十七年刻本《滄洲近詩》作「牛」。

題家屺亭扁舟琴鶴圖四首

琴心鶴夢有無間，官況長如客況閒。更有高風過清獻，獨將杯酒醉江山。

印牀官牘亂如麻，未到昏黄〔一〕早放衙。管領太平無箇事，莫教閒殺荻蘆花。

六朝山色暮潮平，楊子津邊鐵甕城。豈有中流思擊楫，由來江甸早澄清。

江光月色浄無塵，況對蘆花白似銀。置驛若教呼小謝，芙蓉樓畔有吟人。

〔一〕「昏黄」原作「黄昏」，據乾隆二十七年刻本《滄洲近詩》乙正。

又題松泉坐嘯圖次卷中原韻

赤松林下一仙翁，黄石山前萬壑風。豈是避人依大樹，耻從諸將更論功。

題祝荔亭鹿車圖三首

陸地風波安穩無，蠶叢九折定何如。朱輪盡日行都市，未若花陰駕小車。
仙鹿毛堪并雪霜，車箱穩似臥匡牀。憑君載酒囊書去，坐看江南山水鄉。
金閨年少自翩翩，綵筆能題九萬箋。只恐異時方捉鼻，黑頭翻笑此車懸。

題友人匹馬尋梅圖

帽簷隨處領春風，馬首寒香黯澹中。似訪西溪過橋去，湖光山色兩無窮。

題友人觀海圖二首

萬里滄溟天倒開，東偏一點是蓬萊。何人醉跨金鼇背，直取焦山作渡杯。
曾向婁江窺曉日，還從馬耳見狂瀾。盪胸亦有寬如海，好把天池一勺看。

題牟義梅竹小册

獨占東風第一枝，丹心惟有此君知。幽禽不用猜桃杏，正是冰霜透骨時。

題張晚洲飲酒圖四首

由來痛飲是吾師，不飲空令達者嗤。宰相神仙渾閒事，何如一飲三百巵。

任呼蜾蠃與螟蛉，記我多年困酒星。麯蘗不須澆壘塊，瓣香從此奉劉伶。

侍立童清貌比花，微酡君亦似朝霞。紅塵隔斷三刀夢，燕寢香濃正放衙。

長鯨舊吸百川來，蕉葉難令懷抱開。欲借醉鄉閒打睡，玉叢不許外人猜。

題曹某杏花書屋圖應渭符索三首

種杏成林定幾年，九華峰下縞溪邊。江南春雨渾如舊，又到花時二月天。

溪上深紅間淺紅，縞溪之水白溶溶。不知夢到春山裏，衣上香雲已萬重〔一〕。

賣花聲裏客歸來，二月江村花正開。亦有溪南數間屋，夜來春雨長蒼苔。

〔一〕「重」原作「里」，據乾隆二十七年刻本《滄洲近詩》改。

題王研怡潮莊春曉讀書圖四首

湖上山雲接水雲，湖邊花絮曉紛紛。坐中好是金閨彦，占盡春光已十分。

君家玉樹滿階除，大令尤能讀父書。不獨鶱群傳筆法，少年詞賦似相如。

萬頃澄波錦繡香，春來舊夢滿餘杭。可憐蹴踏京塵裏，欲借湖莊六月涼。

十年橐筆在承明，輦下人争識姓名。不信冰壺緗帙在，由來心跡本雙清。

題友人尋山圖三首

蓬萊宫闕玉成林，世上緇塵海樣深。正欲與君同笠屐，不知何處有山尋。

公侯衮衮市朝間，晨聽雞人暮鳥還。輸與北窗高枕上，杜門何似萬重山。

張家公子長元方，鐘鼎山林兩不妨。只恐菊松仍獻笑，莫須看遍白雲鄉。

題蔣西谷閣學畫瓶中牡丹二首

膽瓶折供一枝枝，自注清泉位置宜。無賴蝶蜂都不管，十分春色已多時。

絳紗深護錦堂春，留得花王自在身。水態雲容静中意，曉窗分與畫眉人。

題鄒少微黄塘山莊圖二首

家近虞山翠淺深，庭前梧竹自成林。不知誰擁烏皮几，日弄柔翰事苦吟。

待詔年年供奉班，可憐春老舊青山。他時擬棹剡溪去，冒雪猶能一日閒。

題沈麟洲尋源圖三首

千樹桃花雲滿林，一溪流水洞門深。仙源本是人能到，未必扁舟肯獨尋。

胡麻莫更認天台，一片紅雲兩岸苔。自是漁郎有仙骨，半篙春水待君來。

未須占盡武陵春，欲買青山早卜鄰。家在瀟湘最相近，子孫同作隔牆人。

題畫扇三首

千村紅樹一溪雲，罨畫樓臺晚不分。曾在嚴陵灘上見，片帆秋色問桐君。
紫翠千重與萬重，松根攜手坐從容。移時返照澄波裏，最愛殘紅一兩峰。
兒孫長住武陵春，雲裏山僧好結鄰。黃葉莫教隨水去，從來誤盡打魚人。

題程聖〔一〕跋扁舟載菊圖二首

家住秋山深復深，丹楓翠竹滿前林。知君歸棹無長物，只有黃花一片心。
重陽盪槳習家池，瓶盎深培也最宜。自有寒香留几榻，不須補種到東籬。

〔一〕「聖」字原闕，據乾隆二十七年刻本《滄洲近詩》補。

題友人東皋舒嘯圖二首

蒼葭黃葉兩蕭騷，柔綠新添水半篙。閒與白鷗共來往，十分秋色在東皋。
書卷瓶罍載滿船，煙波無際水連天。懸知月上不歸去，深入蘆花好醉眠。

題　畫

一村黄葉晚蕭蕭，踏盡空林又板橋。欲上孤亭〔一〕看秋色，夕陽溪路轉迢遥。

〔一〕「亭」原作「高」，據乾隆二十七年刻本《滄洲近詩》改。

題黄遵古爲琴僧雲村所畫響山圖四首　圖中畫峨眉山最深處，名古德林，舊所稱木皮殿在焉。雲村鼓琴於萬木之下。〔一〕

峨眉高在萬重山，古德林深未可攀。不是琴師與畫手，幽奇那得到人間。

虞山好手黄遵古，一别吴中已十年。他日只將此圖樣，爲余添寫石頭眠。

瀟湘雲水自悠悠，静夜兼聞三峽流。更上峨眉新製曲，依稀彈出一輪秋。

浮屠家學本無塵，灑落黄癡舊絶倫。與約萬峰同一笑，虎溪共於恰三人。

〔一〕題下小注原闕，據乾隆二十七年刻本《滄洲近詩》補。

題畫

軟紅塵裏市朝間，車馬曾無一日閒。百尺桐陰數竿竹，知君已坐萬重山。

題張松山運判大明湖圖四首

郭外青山郭裏湖，十分煙水望模糊。誰將謝客西堂句，寫入王丞北垞圖。

珍珠泉沸緑玻璃，亂點紅蕖間碧畦。盪槳直須愁出入，迴廊不自辨東西。

海右爭傳歷下亭，濟南高會我曾經。不知斥鹵菰蘆裏，露出齊州一點青。

綺席迴波檻拂雲，晚涼歸棹趁鷗群。可憐玉珮[一]當歌地，北海樽罍屬使君。

〔一〕「珮」原作「佩」，據乾隆二十七年刻本《滄洲近詩》改。

題畫菊

離離丰骨傲霜寒，晚節誰知事更難。最愛東籬閒把酒，此中容得澹人看。

題楊笠乘江天一笠圖次來韻二首

輕帆穩載荔枝紅，秋水長天一色空。早趁菰蒲伴鷗鷺，不須愁殺石尤風。

楓蓼深紅間淺紅，青山最好是晴空。歸湖亦有瀟湘客，欲借秋江一葉風。

題友人小像二首

嶺上片雲閒似我，雨餘飛瀑白如銀。此間儘有逃名處，林下逍遥復幾人。

長安無地逃炎暑，只合隨君入畫圖。未必攜家訪寥廓，幽溪片刻是冰壺。

題沈恪庭編修爲周寒溪所畫山水三首

峰下飛流百丈懸，虬龍樹色老參天。不知誰住奇峰下，袍笏朝朝學米顛。

無錢那得買青山，剪取吴淞水半灣。不信輞川能愈疾，賃春合借屋三間。

三絶才名世不如，石田風韻本清疏。由來粉本無心學，萬里遊蹤萬卷書。

題董文敏爲陳仲醇白石山房所畫曉起看山圖即次圖中原韻四首

樹色空濛溪淺深，春雲一往帶遥岑。懸知曉起看山後，寫出幽人自在心。文敏自題有「自在高人不出村」之句。

小徑求羊取次探，朝來得意寫春酣。野橋子細人争到，沙草微茫路尚諳。

三泖〔一〕沿洄接九峰，十年雲水杖頭逢。只今白石餘圖畫，認取春痕雨意濃。

迢遥人似向招提，雲冷衣裳翠欲迷。略〔二〕擬瀟湘舊衡宇，亂山斜抱草堂西。

〔一〕「泖」原作「柳」，據乾隆二十七年刻本《滄洲近詩》改。

〔二〕「略」原作「路」，據乾隆二十七年刻本《滄洲近詩》改。

題許鶴坪釣圖二首　鶴坪舊爲黄州太守。

横江月色憺忘歸，千古臨皋一釣磯。絶似風流賢太守，夜深人奏鶴南飛。

暫捲綸竿坐晚汀，過江無數亂峰青。就中即是逃名處，莫使羊裘混客星。

題蔣西谷閣學所畫北堂高節圖爲虞山嚴太孺人壽二首

萱花日色麗黄金，慈竹添孫玉滿林。一幅鵝溪渾得似，稱觴時節歲寒心。
孤根莫慮雪霜傾，堂北今看拜舞情。獨有苦辛圖不盡，一簾寒月夜機聲。

題家秋巖梅花書屋小景二首

繞屋花如冰雪身，亭前水石自成鄰。就中儘有寬閒地，只隔東華十丈塵。
曲曲琴心引調長，閒時一卷坐羲皇。不緣譜出梅花弄，那得聲中有暗香。

題友人聽雨圖二首

平生每聽灘聲轉，兼愛深山瀑布飛。一陣墨雲迷是似，無端颯沓上人衣。
空山永日静中求，梧竹蕭蕭六月秋。只恐夜來眠不定，枕邊添作峽泉流。

海峰詩鈔

劉大櫆　安徽桐城人，字才甫，號海峰。副貢生，乾隆舉鴻博、經學，皆報罷，晚官黟縣教諭。工古文，喜學莊子，尤力追求昌黎。嘗遊京師，以文謁方苞，苞大驚服，語人曰：「吾人何足算？邑子劉生乃國士耳。」自是名大著。姚鼐實從之遊，世遂有「桐城派」之目。詩格亦高。有《海峰詩文集》。

生於清康熙三十七年戊寅，卒於清乾隆四十五年庚子，年八十三歲。

題畫菊

翠葉丹苞鬬曉霞，眼明真見故園花。依稀白雁江天暮，麂〔一〕眼籬邊箬帽斜。

〔一〕「麂」，乾隆間醒園刻本《海峰詩集》作「麈」；同治十三年刻本《海峰先生詩》作「麈」。

題羅生待渡圖

草風吹雨浪生花，喚渡河邊笠帽斜。念爾安居無一事，肯攜書劍向天涯。

題惲壽平所畫花卉五首

琳池戲魚

影娥〔一〕池水碧涵虛，潑刺金鱗射日初。我亦居然濠濮想，未知魚樂我何如。

梨花夜月

春風澹澹雪枝舒，夜月溶溶璧彩虛。四卷纖雲天似洗，水晶宫裏素娥居。

折枝荔子

顆顆珠囊綴火瑰，玉膚端俟絳襦開。平生雅善文園病，誰與瓊漿解渴來。

雁來紅

碧天寂寂雁初來，摇落愁看白日隤。猶有殘芳傍籬落，幾行紅豔挽春回。

墨　菊

冷香瑩淨比長松，畫手傳神墨點濃。猶恐金英呈秀色，更從老圃瀹秋容。

〔一〕「娥」原作「蛾」，據乾隆間醒園刻本《海峰詩集》、同治十三年刻本《海峰先生詩》改。

題王翬所畫山水五首

梅花書屋

寒梅繞屋影扶疏，中有幽人坐讀書。不管層冰兼積雪，早將春色到茅廬。

夏山雨霽

白雲迤邐〔一〕到空斜，雨過迴塘淺漲沙。向夕卷簾殘照斂，南山晴翠落檐牙。

〔一〕「邐」原作「里」，據乾隆間醒園刻本《海峰詩集》、同治十三年刻本《海峰先生詩》改。

秋山行旅

秋山磊磊樹交加，行色蕭條落日斜。五柳門前無恙在，爲誰漂泊到天涯。

蕉窗讀易

書生皓首兩眉龐，坐挾陳編意未降。樓鼓三撾燈火暗，雨聲喧到讀書窗。

大癡秋山

落筆雲煙入妙來，富春山水畫圖開。征帆曾挂涼秋月，夜泊嚴陵古釣臺。

春融堂詩集

王昶　江蘇青浦人，字德甫，號述庵，學者稱蘭泉先生。乾隆進士，從征緬甸及兩金川，前後在軍九年，官至刑部侍郎。湛深經學，精考證，達於政事韜略，研窮性理。詩宗杜、韓、蘇、陸，詞擬姜夔、張炎，古文宗昌黎、眉山，時稱通儒。有《春融堂詩文集》、《金石萃編》、《青浦詩集》、《湖海詩傳》、《湖文傳》、《明詞綜》、《清詞綜》等書。

生於清雍正三年乙巳，卒於清嘉慶十二年丁卯，年八十三歲。

張墨岑宗蒼畫册三首　在京師作。

鴨頭新漲滿迴谿，略彴斜橫著水低。一夜東風吹雨過，蘆芽荻筍葉初齊。

編得香茅築小亭，藥闌莎逕草青青。閒門六枳無人到，自檢琴經與鶴經。

梅坪竹塢水粼粼，衩衬漁衫穩稱〔一〕身。何似西勾橋畔路，春衣日日涴紅塵。

〔一〕「稱」，嘉慶十二年塾南書社刻本《春融堂集》作「趁」。

李長蘅流芳西湖小幀四首

桃花雨過水連天，十里長堤送柳綿。好是段家橋下路，遊人齊放總宜船。

一桁遥山翠色濃，白雲渺渺路重重。斜陽欲落微風起，吹過南屏寺裏鐘。

柏堂舊蹟久荒蕪，煙水微茫接裏湖。風外楊花濃似雪，清陰緑遍酒家壚。

布穀聲中暮雨餘，溪山樓閣迴〔一〕清虚。何時小築西泠路，碧樹晴雲好讀書。

〔一〕「迴」原作「廻」，據嘉慶十二年塾南書社刻本《春融堂集》改。

題沈少卿宗敬江村圖二首

結得香茅八九椽，閒將詩卷作因緣。魚租鸐俸分支罷，穩向繩牀跂脚眠。

湖田一棱傍平蕪，麑眼籬笆入畫圖。瘦石疏花藏鵲子，曲屏小檻臥貍奴。

家秀才存素愫爲畫三泖漁莊圖因題六絶

生平不擬託樵漁，故紙堆中作蠹魚。賸有恒春橋下屋，更煩老筆畫幽居。

米堆稻廩隔溪明，薹菜花繁豆莢榮。落盡緗桃春過半，煙中布穀勸躬耕。春

漠漠山雲午漸收，新苗雨過緑如油。捲書還向橋南去，垂柳陰中課飯牛。夏

小小茅茨儘日閒，偶然生計雜漁蠻。高梧搖落秋槐盡，望見東南數點山。吾鄉九峰、玉屏、蘭、筍四山，秋後皆可望見。秋

柴門不啟槿籬斜，小雪西風餞歲華。喜見東皋滋端麥，更開臘酒伴梅花。冬

溪山平遠是南湖，畫出豳風小樣圖。説與江湖諸舊侶，頭銜從〔一〕此作潛夫〔二〕。

〔一〕「從」原作「銜」，據嘉慶十二年塾南書社刻本《春融堂集》改。

〔二〕「夫」原作「人」，據嘉慶十二年塾南書社刻本《春融堂集》改。

家二癡玖亦作漁莊圖題兩絶句

斷靄殘雲隔遠汀，柳陰深處見魚舲。莫嫌水墨翻新樣，還是山人舊典型。二癡爲

烏目山人季子。

新栽袨衵伴元真，修竹鄉間足隱淪。他日期君來過訪，緑蘋紅蓼共垂綸。

題金壽門梅花畫册二首

破墨圖成每自吟〔一〕，數枝高格〔二〕倚峻嶒。清寒不許春禽到，滿徑青霜滿磵冰。

刻意幽寒水月涼，一塵不許近詩囊。水仙雅靚梅花澹，别具清心領妙香。

〔一〕「吟」，嘉慶十二年塾南書社刻本《春融堂集》作「矜」。

〔二〕「數枝高格」原作「數格高枝」，據嘉慶十二年塾南書社刻本《春融堂集》改。

唐六如竹溪仙館圖二首

秋山〔一〕澹澹隔晴涯，野屋層圍一徑斜。獨有胎禽相對立，分明仙境勝桃花。

仙館清閒近竹谿，篔簹蒼翠碧雲西。儒冠道服何須辨，浄業新來問準提。六如居桃花塢，傍有準提菴，後人與文待詔、祝京兆像并設其中。準提有《浄業經》，見《大藏》。

〔一〕「山」原作「仙」，據嘉慶十二年塾南書社刻本《春融堂集》改。

程編修午橋夢星南齋種花圖四首

藥圃梅坪地數弓，緗桃開遍亞枝紅。春畦雨過芹泥潤，檢點鵶鋤課僰童。

養花時節浣花居，小緑長紅繞碧渠。菊譜蔬經都檢遍，不妨重訂種花書。

金壽門陳竹町王受銘沈學子江湖客，嘯竹吟〔一〕梅寄興殊。知有詞人爲地主，款門來往數花鬚。

浪迹蕪城近五年，篠園竹木已寒煙。誰人更作栽花計，還看濃香滿緑田。

〔一〕「竹吟」原作「吟竹」，據嘉慶十二年塾南書社刻本《春融堂集》乙正。

爲周農部讓谷天度題春渚垂綸圖三首

風定春江水似羅，橛頭小艇傍煙莎。筆牀茶竈兼書卷，比似松陵家具多。

蘆葉青青覆釣船，柳陰春暝薄寒天。楝〔一〕花風起江潮上，自釣槎頭縮項鯿。

小築香茅薛澱東，西泠〔二〕相去一帆風。憑君著我松舲裏，共數青螺暮靄中。

〔一〕「楝」原作「揀」，據嘉慶十二年塾南書社刻本《春融堂集》改。
〔二〕「泠」原作「冷」，據嘉慶十二年塾南書社刻本《春融堂集》改。

爲彭進士允初紹升題畫二首

柔波如簟碧沄沄，石壁蒼寒欲作雲。絶似故園橫泖上，蒓鄉橘塢罨斜曛。

橛頭船小壓菰蒲，茶具書籤滿畫圖。只恐軟紅緣尚在，未容秋夢落江湖。

題王元照仿梅道人山水二首

小亭孤閣〔一〕遠重重，一幅雲山似粤中。應與奉常相上下，不〔二〕須更説學思翁。

尚未分符到始興，中年山水已飛騰。緣知麟鳳〔三〕洲邊住，臨遍煙巒滿剡藤。

陳眉公跋語

〔一〕「閣」原作「角」，據嘉慶十二年塾南書社刻本《春融堂集》改。
〔二〕「不」原作「石」，據嘉慶十二年塾南書社刻本《春融堂集》改。
〔三〕「鳳」原作「風」，據嘉慶十二年塾南書社刻本《春融堂集》改。

題張農部懷月壽梅花疏影小册四首

香塵寂歷背〔一〕篘窗，蹋壁孤吟興未降。正是月昏〔二〕雲薄夜，招魂端合倩銀釭。

雪蕊苔枝韻自佳，更憑疏影作同儕。分明對月三人共，勝似吟朋伴竹齋。

柳漁詩格有誰覘，幸見吴綃入畫堪。肯與仙源桃萬樹，晴波影裏鬭春酣。

破墨横斜幾縷纖，圍爐晏坐證香嚴。落燈風與江樓笛，穩護梨雲下翠簾。

〔一〕「背」原作「皆」，據嘉慶十二年塾南書社刻本《春融堂集》改。

〔二〕「昏」原作「底」，據嘉慶十二年塾南書社刻本《春融堂集》改。

戲題明妃出塞圖二首

漢庭至計在和親，憑仗良家静塞塵。將相俱應巾幗裹，麒麟閣上畫何人。

雲重天低塞雁呼，不辭風雪赴幽都。免教衛霍稱飛將，待得功成萬骨枯。

題門人吴照南照石湖課畊圖四首

牛角何煩更掛書，扶犂要值雨晴初。碧蓮池上煙波浄，偏愛中吴水竹居。

石湖花月倚晴空，范公句。曾在棲雲一望中。棲雲閣，先曾祖丙舍，在硯山南直上方。欲買湖田還未得，輸君蓑笠伴溪翁。

蕭瑟夔巫戰未闌，飛芻輓粟飽材官。時楚蜀盜警，調江西兵協勦之。此行差喜冰銜冷，坐飽衙齋苜蓿盤。君將選校官。

吴淞薛瀫中非遥，老去何人伴寂寥。他日東來尋舊約，不妨生計共漁樵。

夢樓詩集

王文治　江蘇丹徒人，字禹卿，號夢樓。乾隆進士，殿試第三人，官侍讀，出爲雲南臨安知府，罷歸。工書法，秀逸天成；爲文尚瑰麗，至老一歸平澹；詩亦能盡古今之變而自成體。尤精音律，嘗買僮教之度曲，行無遠近，必以自隨。一時聲華，與袁枚相上下。顧持佛戒甚嚴，日飲惟蔬果，扶坐室中而卒。有《夢樓詩文集》。生於清雍正八年庚戌，卒於清嘉慶七年壬戌，年七十三歲。

題畫墨梅〔一〕二首

墨梅略似大蘇詩，竹外蕭蕭露一枝。彷彿紙窗香〔二〕未退，江南歸夢欲醒時。

逆旅匆匆過早春，見梅若個不傷神。去年風雪江頭〔三〕路，手拗寒香送遠人。

〔一〕乾隆六十年食舊堂本《夢樓詩集》題作「題墨梅」。

〔二〕「香」原作「春」，據乾隆六十年食舊堂本《夢樓詩集》改。

〔三〕「頭」原作「南」，據乾隆六十年食舊堂本《夢樓詩集》改。

題　畫

篷窗擁被酒初消，十里煙波轉畫橈。記得鴛鴦湖上過，吴娘一曲雨瀟瀟。

題傅凱亭畫雞冠花

曾聽潮雞半夜聲，扶桑花綻日初生。畫中秋意涼如海，想到當時破浪行〔一〕。

〔一〕「行」原作「生」，據乾隆六十年食舊堂本《夢樓詩集》改。

曹檀潛丈柳汀觀稼圖三首

昨夜山村急雨過，家家相唤理青簑。柳條引得微風起，却向秧田作緑波。

兒曳朝衫父課農，帶經原自有家風。玉堂露浥新麻白，茅舍雲蒸晚稻紅。

湖海飄蕭漫十年，久荒招隱寺門田。披圖鄉思濃於酒，正是西風秀稻天。

題袁香亭紅豆莊圖三首

嫋嫋青枝拂柳塘，垂垂朱實暎斜陽。西湖風雪梅花外，更有詩人紅豆莊。

記得東風欸〔一〕竹籬，丁香兩樹欲花時。春寒入骨清無睡，一夜吟君紅豆詩。

此去中州十萬家，春耕都望雨隨車。好將南國相思種，開作河陽滿縣花。

〔一〕「欸」原作「款」，據乾隆六十年食舊堂本《夢樓詩集》改。

題蘆屋圖

高人詩屋〔一〕已荒涼，畫裏葭蘆似屋長。曾是大明湖上過，秋風一夜月如霜。

〔一〕「屋」原作「人」，據乾隆六十年食舊堂本《夢樓詩集》改。

題　畫

泬漻秋氣與天平，山下池塘十里清。枯荷不動雨初歇，郭索夜深沙上行。

題潘蓮巢畫卷

六朝煙樹接寒汀，山到金陵不斷青。却望海門天盡處，數帆如豆雨冥冥。

著屐圖

自有江山助勝情，詩才真似謝家清。村居不識尚書履，只愛空階聽雨〔一〕聲。

〔一〕「雨」，乾隆六十年食舊堂本《夢樓詩集》作「屐」。

賞雨茅屋圖

逸少快晴曾作帖，司空賞雨更評詩。檐前幾個新梧葉，留取三更獨坐時。

題元人四時册子即效元人詩體四首

冰魂月魄玉精神，香色生來不染塵。流水斜暉閒立久，方知桃李是餘香。

蕉衣羽扇緑陰中，曲沼迴廊宛轉通。自是清襟涼似〔二〕水，不關楊柳幾層風。

千山秋氣暮蒼蒼，砧杵聲中萬瓦霜。一片斜暉如許澹，疏林略爲染丹黄。

石磴寒林取次行，雙尖皓影向人傾。詩家意致嫌穠俗，故把紅衫點玉英〔二〕。

〔一〕「似」原作「是」，據乾隆六十年食舊堂本《夢樓詩集》改。

〔二〕「英」原作「瑛」，據乾隆六十年食舊堂本《夢樓詩集》改。

題孫景高僧衣圖二首

繡佛長齋早息機，前身金粟是耶非。優曇一朶閒中看，略似僧家壞色衣。滇中優曇花，色頗似僧衣，但加明映〔一〕。

余亦年來師粲可，多君先我悟〔二〕前因。微風吹動袈裟角，便是西來雲水身。

〔一〕「明映」原作「説明」，據乾隆六十年食舊堂本《夢樓詩集》改。

〔二〕「悟」，乾隆六十年食舊堂本《夢樓詩集》作「晤」。

顛道墨筆秋海棠

道人灑墨碧煙空，一片秋光寸幅中。只寫山家岑寂意，不教紅淚染西風。

戲題彭賁園擁書圖二首

墨綬銀章偶宦遊，東南百里古諸侯。問君當日專城樂，何似而今萬卷樓。

曾聞修史擁朱顏，銀燭金釵列幾班。却笑詩人太寒儉，掌書一箇小雲鬟。圖中有麗人侍書。

題潘握筠仿米家墨戲幀子

米老煙雲墨戲圖，不分竹樹但模糊。吾家一角圖山色，擲向秋江及得無。

題陳麋公畫梅爲胡雲坡廉史

沉沉鈴閣儼山家，一縷名香一盞茶。清況即今誰得似，紙窗和月展梅花。

題畢秋帆中丞靈巖讀書圖五首

靈巖山下館娃宮，羅綺笙歌醉晚風。不道千秋塵劫換，讀書聲在月明中。

昔年同作上林遊，露滴紅梨對校讎。話到鄉園風景地，五湖煙雨入瀛州。
轅門雙列戟枝寒，風味仍將措大看。倦僕倚屏猶把卷，誰言節度是粗官。
萬峰寺曉湖波緑，兩〔一〕洞庭秋木葉黄。偏是童時遊釣處，直教頭白也難忘。
琉璃千頃玉無塵，愛煞靈巖浩蕩春。一任郎君官貴後，頭銜還要署山人。秋帆自號靈巖山人。

〔一〕「兩」原作「雨」，據乾隆六十年食舊堂本《夢樓詩集》改。

題竹〔一〕

楊柳無花也覺春，竹枝清瘦倍宜人。新梢初展露華重，一半欹斜向水濱。

〔一〕乾隆六十年食舊堂本《夢樓詩集》題作「竹」。

馬守真畫蘭

女俠金陵馬四娘，吮豪猶帶口脂香。臨風故寫湘江怨，牽引騷人一斷腸。

佛裔長老南屏駐錫圖

宗鏡當年古道場，溪聲山色費承當。問師駐錫今何意，依舊春風到緑楊。

題薛素素自寫小照爲陳伯恭太史二首

清簫畫裏欲黄昏，風景依稀認白門。休話當年金粉事，板橋秋雨没苔痕。

香君小像斷紈存，扇上桃花若有魂。伯恭令叔澂道人藏有李香自寫小照。惆悵南都風月稿，只今收拾付梁園。

潘蓮巢群草卷子

詩人腕底有春風，千朵花枝頃刻紅。惹得庭前雙蛺蝶，尋香故故繞簾櫳。

散木老人罷琴圖

梅花書屋散春陰，似有微香染素襟。明月未生斜日斂，先生兀坐罷調琴。

笪江上畫

亂石驚濤景太奇，興來隨意寫襟期。記曾海外秋巖坐，琴罷更深月墮時。

爲徐玉山題秋閨對弈圖

千竿鳳尾拂雲斜，方罫文楸[一]似謝家。一對玉人敲玉子，夜香吹上木犀花。

〔一〕「楸」原作「揪」，據乾隆六十年食舊堂本《夢樓詩集》改。

題三弟季明秋燈聽雨小照

聽雨聯牀憶昔年，別來明月百回圓。老夫閉户渾無事，唯有看雲白日眠。

題笪江上先生臨董文敏山水小幅

薦取香光一瓣香，無人愛處點山光。誰知尺幅溟濛裏，中有煙波萬頃長。

題文端容自寫採菊小像

前代吴中數畫家，停雲父子最清華。仍憐逸韻傳閨閣，自寫寒山一瓣花。端容爲趙凡夫子媳。

題畫二首

萬重煙雨萬重山，一箇漁梁一箇灣。曾記武陵溪上過，全家朝食竹籬間。

一株老樹立山根，萬里清江直到門。自掉瓜皮孤艇子，坐看歸鳥返煙村。

題畫杏

白頭又過一年春，湖海行藏誰與論。杏子黄時花落盡，緑陰滿地不開門。

題潘蓮巢畫菊

菊花開後向殘秋，日日招邀汗漫遊。欲寫秋花寒瘦意，拈毫頻倚夕陽樓。

梅花山茶合景

滿眼冰霜凍未融，誰將消息漏東風。玉英萬點明如月，襯出山茶一朵紅。

題僧鞵菊玉簪花合景〔一〕卷

階前殘菊山僧履，簾下新花玉女簪。何處鉶聲來壁外，風旛公案〔二〕與君參。

〔一〕「合」下原衍「景」，據乾隆六十年食舊堂本《夢樓詩集》删。

〔二〕「案」原作「安」，據乾隆六十年食舊堂本《夢樓詩集》改。

桂陰待月圖爲唐耀卿

桂子花香八月清，新蟾院落静無聲。銀燈欲燼猶未燼，白露空中似水明。

歲朝圖

敦匜錯列雲雷駮，花果紛陳珠玉新。飲罷屠蘇還自笑，筆端富貴且驕人。

次韻再題

一年世事一年陳，一度春光一度新。畫裏花枝從點染，等閒老却看花人。

家姪蘭州將之中州乞潘蓮巢繪焦山圖攜之行箧余係以詩

見山樓上見焦山，雲裏青螺白玉盤。自是愛山君有癖，將山攜到洛陽看。

以扶桑望旭圖贈郡守周眉亭係以詩

紅輪出海消群怪，緑樹敷空蔭四洲。野老歸田無一事，負暄日日傍江頭。

題夜合萱花合景

天風吹動五銖裾，疑有群仙下碧虛。誰似山家真富貴，黄金白玉滿階除。

題潘蓮巢仿陸包山畫

長江萬里漾靴紋〔一〕，突起青山接白雲。夜半雲中鸞鶴嘯，不知松籟隔風聞。

〔一〕「靴紋」原作「韡紡」，據乾隆六十年食舊堂本《夢樓詩集》改。

和蓮巢題江樓望遠圖

誰寄高樓脈脈心，歸期欲數暗敲簪。春江兩岸桃花水，未抵相思一寸深。

蓮巢秋林新雁

蕭蕭老樹倚山隈，不中梁材中畫材。萬里遥天秋洗浄，恰添新雁一行來。

沈華坪春江曉渡圖

梅花落後杏花紅，輕暖輕寒二月中。誰洗琉璃鋪萬頃，一颿如燕剪東風。

杭州太守鄭楓人過訪余贈以蓮巢江天霽雪以小幅而係以詩

一别錢塘漫五年，匆匆攜手話從前。贈君一幅江南雪，恰是西湖春暮天。

風篁嶺圖

龍泓南與虎跑鄰，三面春山絶點塵。記度風篁千尺嶺，緑陰竟日不逢人。

戲題蓮巢爲耀卿畫鴛鴦

流蘇春曉百花香，錦薦羅幬白玉牀，生怕才人嫌獨宿，故從花底寫鴛鴦。

題高青士修竹館圖

自種新篁助曉吟，娟娟庭外欲成陰。千竿漫擬裁〔一〕爲管，難寫臨風一寸心。

〔一〕「裁」原作「栽」，據乾隆六十年食舊堂本《夢樓詩集》改。

戲題蓮巢雪景小幅

六花六日未飛殘，密約同心倚畫闌。祇恐暮天修竹裏，累他翠袖不勝寒。

題爛柯圖

松上濤聲度嶺遲，白雲深處立多時。可知塵世無窮事，消盡仙人一局棋。

題　畫

又是春禽浴水時，陰陰一片緑楊絲。方塘新漲無人過，唯有紅薇露亞枝。

友人吹簫待月圖

滑笏春波似鏡明，清蕭何處和流鶯。柔情已付沾泥絮，牽引東風是此聲。

題梅花水仙合景

中宵鶴警未成眠，霜氣横空月滿天，洛水仙人林下女，忍寒相與鬪嬋娟。

題沈恒吉畫

秋到煙林杳靄間，杖藜日日倚松關。人生合在江南住，滿眼倪迂畫裏山。

爲玉卿題扁舟歸五湖圖

翠黛青山各占秋，五湖天盡水悠悠。功成忽覺英雄老，萬事消歸一葉舟。

題畫松

如雲如蓋萬株松，和雨和煙翠靄濃。宴坐不知紅日下，隔溪時遞一聲鐘。

冬日題蓮巢寫生

誰信花枝冒曉寒，由來生氣在毫端。紅紅白白交光處，三尺鵝溪露未乾。

題畫柏

霜皮古柏罥寒煙，曾繫青牛夕照前。記向華山山下見，等閒已過二千年。

郭汾陽遇仙圖

壽考功名幻與真，千秋青史一駒塵。神仙却是憐才者，特爲英雄駐繡輪。

潘瑶圃杏林春燕圖

雕梁無復舊巢泥，老去看花[一]倦馬蹄。羡殺烏衣新羽翰，上林紅雨待雙棲。

〔一〕「看花」原作「花香」，據乾隆六十年食舊堂本《夢樓詩集》改。

爲孫女玳梁題水仙畫幅

微雲冉冉疑無色，澹月濛濛似有香。更擬花前研曉露，臨風爲仿十三行。

爲漢陽葉雲素題借書舫圖二首

水竹蕭蕭一畝居，非舟非屋是吾廬。嫏嬛秘笈探都遍，却向人間借異書。

中年以往得朋難，漢上題襟雨未殘。半日與君論古昔，絶勝鄴架借書看。

唐秋谷杖藜尋菊圖

舊家三徑未全荒，彭澤歸來兩鬢霜，閒向東籬扶杖立，鬚眉都染暮山光。

柏樹牡丹合景

孔明廟裏冰霜色，魏國堂前富貴春。妙手合來成一處，請於筆外賞風神。

題唐耀卿所畫牡丹繡球合景小幅

紅萼昵〔一〕人堆暖玉，瑶枝刻意鏤寒冰。知君生怕春歸去，特與東風鬬技能。

〔一〕「昵」原作「泥」，據乾隆六十年食舊堂本《夢樓詩集》改。

題潘蓮巢爲汪銘常親家寫梅花村圖四首

種梅那易便成村，無數煙痕共水痕。誰信三更明月夜，有人花下掩柴門。

冬日僧房談道要，春來重與賦梅花。芒鞵踏破千山雪，忽到林逋處士家。

一瓢一笠一吟身，猶恐枝頭漏洩春。瘦〔一〕到一絲無掛處，者回方顯玉精神。

數間茅屋隔溪雲，多謝蓮巢乞與君。盡展縱横千樹影，晚來隨意染斜曛。

〔一〕「瘦」原作「痕」，據乾隆六十年食舊堂本《夢樓詩集》改。

顧定之墨竹

畫竹渾疑竹出牆，嫩梢初放粉痕香。雲棲十里溪橋路，箇箇能含曉露光。

再題蓮巢山水小幅

林陰黝黑石離奇，浩蕩江波接海涯。可是夜來明月下，綠蘿洞口泊舟時。

爲高青士題蓮巢寫生二種

習習春風被物時，夜來微雨土花滋。靈芝生在空山裏，不是採芝人不知。芝草

長夏陰陰萬綠排，杖藜轉過別峰來。方塘水静無風動，一朵白蓮隨意開。蓮花

題蓮巢所畫櫻桃花時蓮巢久客未歸故戲之

春水江頭没釣磯，花時終日掩荆扉。蘆簾怕有人惆悵，五見櫻桃尚未歸。

題畫虎

深林未出氣先雄，百獸逡巡在下風。却是醉人渾不見，溪邊睡到日通紅。

陳默齋扁舟黄葉圖

湛湛秋江楓樹林，夕陽斜射半江陰。江南黄葉扁舟路，付與詩人側帽吟。

題家蓬心太守畫

老占愚溪日日閒，愛他冰署似深山。一尊酌罷疏林晚，興寄幽亭古木間。

爲思湛庵廉使題蓬心瀟湘烟雨畫卷四首

剪取瀟湘十里青，雲峰深處草間馨[一]。客中一夜高樓雨，添得煙波入洞庭。

老守官貧似馬曹，胸中千尺暮山高。南湘[二]使者憐才甚，手酌紅螺倩染毫。蓬心嗜飲，每在廉使署齋作畫，廉使必酌酒勞之。

官衙傳舍亦吾廬，廉使自顔其署齋曰亦吾廬，囑蓬心畫之。梧竹蕭森映讀書。城外青山分一角，開窗松影夕陽疏。

黄鶴樓中月半斜，滄江吹笛到長沙。相逢畫與人俱老，同照湘流感鬢華。頃晤蓬心，年七十矣。

〔一〕「馨」原作「聲」，據乾隆六十年食舊堂本《夢樓詩集》改。

〔二〕「湘」原作「相」，據乾隆六十年食舊堂本《夢樓詩集》改。

爲惠瑶圃中丞題可韻上人墨蘭卷子四首

誰將澹墨染春痕，瘦葉疏花倚石根。一院古苔青不埽，重簾著地月黄昏。

春眠初覺鳥聲忙，臨罷黄庭日漸長。待與高僧參鼻觀，絶無香處是真香。

小池雨過看濡豪，更酌紅螺讀楚騷。爲與幽蘭多夙契，建牙猶得近湘皋。

南陔春蕊發華滋，視膳萱庭日影遲。手擘矮牋如水碧，花前閒補廣微詩。時太夫人迎養在署。

蓮巢寫芭蕉蕙草見貽因爲題之

蕉陰欲拂雲千尺，蕙氣能含露一苞。曉起許多清潤意，半歸葉底半花梢。

相馬圖

人間不見九方歅，誰與驊騮一寫真。惆悵黄金臺下路，斜陽芳草幾回春。

題陸少室宛陵秋泛圖

青山畫裏見扁舟，小謝當年載酒遊。天上涼雲天下水，一時併作宛陵秋。

采芝圖

出門唯遺鶴司關，直入天台山復山。怪底衣衫染香霧，白雲洞裏采芝還。

朱敬亭乘槎圖二首

杖是蒼龍珮是霞，合丹憑採玉蓮花。知君詩思寬於海，故泛張騫萬里槎。

我學空門并學仙，朝看紅日暮蒼煙。蓬萊一别方平老，不及王喬正少年。

養竹圖

種竹何如養竹難，碧梢近已拂雲寒。客中略恨居無竹，好借先生畫卷看。

次笪江上韻題王石谷畫四首

絲絲籠水復籠沙，沙上枯根似古楂。添得一痕新月色，何人對此不思家。

秋來微月澹如空，井上高梧略受風。爲愛清輝成久立，渾忘衣溼露華中。

秋樹秋山掩復重，秋霜染處澹還〔一〕濃。秋風一霎穿林過，送到前溪〔二〕寺裏鐘。

澹雲微雨不分明，乍見林梢放晚晴。一道溪流入幽竹，風枝如向酒人傾。

〔一〕「還」原作「復」，據乾隆六十年食舊堂本《夢樓詩集》改。

〔二〕「前溪」原作「溪前」，據乾隆六十年食舊堂本《夢樓詩集》乙正。

滄浪漁笛圖

漁釣從來應客星，一聲短笛暮山青。華筵儘有銷魂曲，不及孤舟月下聽。

蕉陰小立圖

紅闌曲曲轉長廊，團扇輕衫愛晚涼。理罷朝來新上曲，美人蕉下月昏黄。

題潘榕臯農部歸帆圖

歸帆直壓浪花高，歸客長吟興倍豪。今日相尋書畫舫，不知人世有風濤。

爲孫嘯壑題畫孫善琴〔一〕

千古知音付白雲，空山無語坐斜曛。不知何處風敲竹，疑是琴聲隔水聞。

〔一〕乾隆六十年食舊堂本《夢樓詩集》題作「爲孫嘯壑題畫二首孫善琴」。

載鶴圖

畫樓深閉碧桃開，遥遣扁舟載鶴回。隔岸垂楊風不斷，預吹清唳度溪來。

周夢溪春江歸棹圖

武昌來往十年中，每向江山勝處逢。我亦春風理歸棹，晚煙如畫共推篷。

吴蘭雪感白下舊遊繪秦淮春泛圖寄意係以詩

舊遊回首邈難尋，一道秦淮閲古今。何待鬢髯如我白，人間聚散始傷心。

爲楊東川孝廉題畫

小樓初雨夢初醒，獨理殘書傍畫屏。溪童報道杏花發，折取一枝供膽瓶。

師樸園觀察長江攬勝圖二首

官聲真似大江清，解組仍思自濯纓。浩蕩秋光流不盡，青天皓月識平生。

千尋太華峰如掌，樸園，關中人。萬里長江玉化虹。宇内山川最奇處，被公都卷向胸中。

題陶雲湖叢篁水鳥圖卷

幽篁低地碧成叢，水鳥閒眠淺草中。忽憶錢塘江上過，停舟〔一〕野寺賞秋空。

〔一〕「停舟」原作「舟停」，據乾隆六十年食舊堂本《夢樓詩集》乙正。

題雷雷峰山居垂釣圖三首

平生長劍倚雲高，交盡東南湖海豪。老去壯懷消不得，祇應垂釣向江皋。

某山某水釣遊時，頭白依然繫夢思。多恐煙波深似海，行踪無復故人知。

蜀江萬里碧吞天，泛宅逍遥不計年。應爲江南頻訪友，林陰常繫一行船。

惜抱軒詩集

姚鼐　安徽桐城人，字姬傳，一字夢穀。乾隆進士，散館主事，遷郎中，告歸主講鍾山書院。性恬澹，不慕榮利。其論學主集義理、考證、詞章之長，不拘漢宋門户。桐城自方苞、劉大櫆倡爲古文而鼐繼之，選《古文辭類纂》以明義法，世因目爲桐城派。有《惜抱軒全集》、《九經説》、《三傳補注》等書。學者稱「惜抱先生」。生於清雍正九年辛亥，卒於清嘉慶二十年乙亥，年八十三歲。

蔡萬資履元水鄉菱藕圖

平湖秋櫂木蘭船，醉入汀花弄碧煙。日暮都忘天近遠，坐聞明月到尊前。

黄慎雨景

數椽深壑架茅茨，亂木霾雲出谷遲。忽[一]聽後巖飛瀑急，四山風雨已多時。

〔一〕「忽」原作「匆」，據嘉慶十二年刻本《惜抱軒詩文集》、同治五年省心閣重刊本、《四部備要》排印本《惜抱軒全集》改。

李敦庸荷葉雙鳧

落盡芙蓉葉未枯，野塘深處唼雙鳧。貌來合乞忘機侶，曾入煙波得見無。

唐伯虎墨筆牡丹

兩枝芳蕊出深叢，休比徐熙落墨工。曾向金陵參法眼，了知花是去年紅。

王孔翔香雪梅[一]宴集圖

渡江春盡冬初去，風雪寒山獨閉門。羡殺烏衣衆年少，梅花時節又開樽。

〔一一〕「梅」原作「海」，據嘉慶十二年刻本《惜抱軒詩文集》、同治五年省心閣重刊本、《四部備要》排印本《惜抱軒全集》改。

題畫二首

橫風吹雨過林邱，萬片飛雲作水流。倚檻數峰藏又見，渾如天際識歸舟。

千巖雲起壓林低，黄葉聲涼送馬蹄。雨急看山行更緩，野人家止隔前谿。

陳約堂武陵泛舟圖

曠懷無染俗情濃，芳樹春流到處逢。喚作武陵何不可，桃源原止在君胸。

題汪君試硯齋圖

涵空高蔭氣清泠，黝玉開匳發古馨。蕉葉滿窗苔滿徑，倚楹研緑寫黄庭。

陳碩士藏管夫人寒林小幅

獨於疏澹著精神，山遠林枯意倍真。借問倪迂嗣誰法，右軍書學衛夫人。

題李孝曾海上釣鼇圖二首

東方無盡是虛空，惟有扶桑日出紅。釣罷六鼇無一事，海天吹澹釣絲風。
人間得失爭蝸角，末俗榮華看葦鳩。但使胸遊天地表，海鼇何異瀆中鰍。

題王麓臺山村扇面

谷口停舟傍石林，幽人猶隔幾重岑。濛濛山氣將爲雨，待長溪流二尺深。

題畫二首

深谷高巖寺閣扃，疏林谷口見溪亭。亭中恐是龐居士，坐對無塵〔一〕山四青。

未凋林碧發梅紅，石壁天齊岸勢窮。摇艇更深何所遇，武夷君在白雪中。

〔一〕「塵」，嘉慶十二年刻本《惜抱軒詩文集》、同治五年省心閣重刊本、《四部備要》排印本《惜抱軒全集》俱作「埃」。

宋人水殿圖

金波鳷鵲麗秋光，高下空明水一方。天浄不知河漢轉，玉階風露覺新涼。

趙承旨天寒翠袖圖

冷落山花閒竹竿，誰言空谷異長安。態濃意遠無人見，自倚天風翠袖寒。

松圓老人小景

荒寒空水夕陽流，落雁聲遲近荻洲。識取松圓詩裏畫，秣陵〔一〕天遠不宜秋。

〔一〕「秣陵」原作「秣林」，據嘉慶十二年刻本《惜抱軒詩文集》、同治五年省心閣重刊本、《四部備要》排印本《惜抱軒全集》改。

松圓谿山亭子

半依平遠半巖扃，雜樹逢秋一半零。入谷未深林未密，拈來詩思在谿亭。

仇英熏籠宮女手持團扇

梅萼香薰静女旁，熏籠暖倚意寒涼。懷中不合時宜在，愛詠齊紈冰雪光。

題宋院畫林檎孔雀

風舉高枝露葉乾，明花喧日鳥情歡。世間好處憐儔侶，翠尾張屏盡意看。

題花塢夕陽遲圖

誰辨韶光速與遲，無情有態問花枝。分明羲御長停〔一〕處，正在淩雲一笑時。

〔一〕「停」原作「亭」，據嘉慶十二年刻本《惜抱軒詩文集》、同治五年省心閣重刊本、《四部備要》排印本《惜抱軒全集》改。

題沈君〔一〕南楓落吴江冷畫

紙上風生已颯然，數番楓葉落江邊。老翁閉户無詩思，猛觸清愁二十年。

〔一〕「君」，同治五年省心閣重刊本《惜抱軒全集》作「啓」。

題畫菜三首

晚菘早韭各乘時，露重霜初併有宜。菜肚先生聊自喜，不須傳與里豪知。

孤棹平生記一經，吴山南對越山青。朝來三萬煙波頃，十笏齋中接洞庭。

偶然濡墨寫胸中，不覺荊關指下通。欲識禪宗無學處，畫家證取石田翁。

題甘夢六桐陰小築照二照

室可催成種樹難，疏桐差易出簷端。不須早計思爰伐，只愛清陰覆座寒。

新荑秀出承春露，鉅葉聲乾墜早霜。但坐小軒參密諦，了知聞見總清涼。

題朱嶽雲麥浪舫圖二首

柳塘〔一〕春水源源活，花塢芳條歲歲添。小築天人合作勝，倚闌鐘阜碧當檐。

道人詩思絶塵〔二〕囂，自作桃源傍近郊。風雨吟龍江振户，霜天棲鶴月當巢。

〔一〕「塘」，同治五年省心閣重刊本、《四部備要》排印本《惜抱軒全集》俱作「堂」。

〔二〕「塵」，同治五年省心閣重刊本、《四部備要》排印本《惜抱軒全集》俱作「氛」。

題嚴翰江〔一〕一發獲雋圖

獸肥草淺試雕弓，射獵詩書一歲同。馬上少年今老矣，霸陵風景畫圖中。

〔一〕「江」，同治五年省心閣重刊本、《四部備要》排印本《惜抱軒全集》俱作「洪」。

題李竹君青谿垂釣圖〔一〕

青谿幾曲入秦淮，絲竹聲繁合兩街。獨把釣綸尋野徑，蕭然篛笠與椶鞋。

〔一〕「圖」字原闕，據同治五年省心閣重刊本、《四部備要》排印本《惜抱軒全集》補。

題李紉秋桐陰讀書圖二首

自植修桐數畝園，緑雲清氣接開軒。霜風忽埽庭前暑，更愛讀書秋樹根。

我欲秦淮結草廬，十年種樹計何如。只宜步屧家家竹，似此圖中合有余。

題羅牧圖

怪木蒙藤亂石間，生煙引素蔽遥山。蒼茫野氣無人會，惟有昏鴉〔一〕去復還。

〔一〕「鴉」原作「雅」，據同治五年省心閣重刊本、《四部備要》排印本《惜抱軒全集》改。

有正味齋詩集

吴錫麒　浙江錢塘人，字聖徵，號穀人。乾隆進士，由編修官至祭酒。詩境超妙，得力於宋人者爲多，兼工倚聲，其駢體文清華明秀，尤名重一時。有《有正味齋集》。高麗使臣出餅金争購，厰肆爲之一空。

生於清乾隆十一年丙寅，卒於清嘉慶二十二年戊寅，年七十三歲。

題王文簡公載書圖四首

公於康熙辛巳假歸遷葬，治裝載書以行，其門人潛江朱載震屬禹鴻臚寫圖以記。〔一〕

珠槃玉敦盛〔二〕簪裾，官職聲名若箇如。不是禹鴻臚一畫，誰知歸去只殘書。

慈仁寺裏故人俱，斷軸零籤賞不孤。今日一尊誰送别，白頭朱十早江湖。

戴笠歸來有後緣，夫于〔三〕亭上手丹鉛。百城坐擁非容易，書庫經營三十年。

聞道遺編不可收，更誰壇坫繼風流。吟詩我欲尋三昧，畫裏垂楊幾筆秋。

〔一〕「公於康熙辛巳假歸還葬」以下文字原闕，據嘉慶十三年刻本《有正味齋全集》補。

〔二〕「盛」，嘉慶十三年刻本《有正味齋全集》作「集」。

〔三〕「于」原作「子」，據嘉慶十三年刻本《有正味齋全集》改。

題周韓江心穀納涼圖二首

萬荷花就水雲栽，四面湖風葉上來。買得刺菱蓮子賤，湖心亭記酒船開。

馬上朝衫白汗污，街心冰盞賣漿呼。老髯日日閉門臥，心裏清涼畫得無。

題趙味辛舍人懷玉春湖晴泛圖三首

蘋香在水水浮空，十里黃吹菜隴風。啼煞新鶯忙煞絮，寫晴寫得夕陽紅。

紺碧蘿陰壞塔頹，伊啞柳外艣聲回。羨君畫裏還看畫，一路青山過眼來。

呼鷹臺上滿寒蕪，如此春風省得無。土步魚肥鞭笋白，教人那不憶西湖。

戲題麻姑像二首

碧城傳唱小遊仙，桑樹重栽海上田。一幅壞裙餘想像，南園〔一〕蝴蝶夢如煙。

藍田〔二〕有約采神芝，開過桃花又幾時。歸去瑶池朝阿母，秋霜先已上蛾眉。

〔一〕「園」原作「田」，據嘉慶十三年刻本《有正味齋全集》改。

〔二〕「田」，嘉慶十三年刻本《有正味齋全集》作「藍」。

題戴春塘孝廉聽聽鸝圖二首

丁丁樵斧此時閒，賺得詩人數往還。第一春聲〔一〕來較早，四圍喬木戴公山。

春風惱我試鶯天，拋却西湖十里煙。一路雜花飛不住，有人正放總宜船。

〔一〕「聲」原作「風」，據嘉慶十三年刻本《有正味齋全集》改。

題戴春塘訪秋圖二首

蟋蟀籬根花自開，秋山隱隱側肩來。酒瓶亂臥斜陽裏，已有詩人醉幾回。

獨行不覺入林幽，絳葉翻翻隔水稠。忽到殘霞最明處，野風吹緊一天秋。

卷施閣詩集

洪亮吉　江蘇陽湖人，字稚存，號北江。少孤，資館穀以養母。母卒時以客遊，不及視含殮，故遇忌日輒不食。舉乾隆進士，授編修，督學貴州，教士以通經學古爲先。嘉慶時以上書指斥，戍伊犁，尋赦還，自號更生居士。於書無所不窺，尤精輿地學。詩文有奇氣，少與黃景仁齊名江左，號「洪黃」。景仁客死解州，千里奔其喪，世有巨卿之目。其後沈研經史，與孫星衍論學相長，人又稱「孫洪」。有《北江全集》、《卷施閣》等書。

生於清乾隆十一年丙寅，卒於清嘉慶十四年己巳，年六十四歲。

贈花圖爲嚴公子觀賦四首

嚴公子姬人，袁子才先生青衣也。公子悼亡後，先生舉以爲贈，因繪贈花圖，係以四詩，公子索同人共賦云爾。時壬寅八月十八日也。

秋社分明日欲斜，肯容燕子到天涯。生來不出烏衣巷，長自王家嫁謝家。

一卷曾披金石文，公子有《金陵古刻叢鈔》。玉郎才調信無群。奇書校罷還題句，可寫新裁簇蝶裙。

識字偏多性亦柔，談經帳後十年留。鄭家詩譜聽曾慣，他日傳來與阿侯。

安石筵開酒百壺，香〔一〕名桃葉記曾呼。他時倘放江干棹，更有桃根贈我無。

〔一〕「香」，光緒三年授經堂增修本《洪北江全集》作「春」。

崔公子景偁竹樓圖二首

竹緑參天筍亦抽，偶然竹裏有高樓。不知樓上人何處，我欲打窗尋不休。

三尺寒檠七尺牀，阿三曾共捉迷藏。謂令兄景倪。落來畫裏還相識，爲我窗西補夕陽。

題崔恭人秋山訪菊圖六首

幽窗雨過點青苔，蠟屐曾從響屧回。自覺向來秋氣少，不隨探菊祇探梅。丙午二月曾追陪鄧尉看梅。

衫裳葉葉起雲霞，簇蝶裙飄一徑斜。却過小橋天路近，絶無人跡有飛鴉。

飛瀑渾疑石上琴，欲從何處更幽尋。空明一點靈山月，與證迢迢世外心。

雲裏紅闌曲折横，半秋時節出山城。飛仙一個花千朵，都署頭銜太瘦生。

問從卷裏憶西州，零落羊曇感舊遊。苦向尊前問癡叔，謂大令維喬。渚宫殘雪不勝愁。

少日談詩有性靈，後堂延客眼先青。願營百本梅花屋，更展紗帷乞授經。

李舍人鼎元登岱圖二首

平生心力瘁躋攀，五岳遊完鬢未斑。肯待向禽婚嫁畢，僅留老眼看青山。

欲捫星斗挹穹蒼，杖策仍須辟穀方。我是上春君早伏，入山先已異炎涼。

管夫人墨竹

石徑空濛翠欲流，琅玕影裏雨初收。何緣不寫王孫草，多恐人饒故國愁。

友人屬題春山覓句圖二首

借得仙人屩轆轤，不知曾遍九州無。我慚結習除難盡，一岳遊成繪一圖。

疊嶂連峰春到遲，江南山淺好尋詩。野猿相見不相識，跳上月明松樹枝。

春溪垂釣圖爲秦同年賦三首

好向波心築釣磯，流〔一〕風吹鬢水湔衣。不妨分作江湖夢，魚已忘機客息機。

文書堆案鬢添絲，忙裏能閒樂不支。三兩桃花一雙燕，伴渠垂釣覺多時。

春濃魚不厭波寒，清切真如鏡裏看〔二〕。知否太湖三萬頃，得歸隨爾把魚竿。

〔一〕「流」，光緒三年授經堂增修本《洪北江全集》作「溪」。
〔二〕「看」原作「香」，據光緒三年授經堂增修本《洪北江全集》改。

兩當軒詩集

黄景仁　江蘇武進人，字漢鏞，一字仲則。乾隆時諸生。少有狂名，工詩，以奇肆新警見長。嘗客安徽督學朱筠幕，上巳日會采石之太白樓，授簡賦詩者十數人，景仁年最少，頃刻數百言，坐客爲之閣筆。性好遊，遍歷九華、匡廬、彭蠡、洞庭之勝，後又自京師遊陝，卒於解州。有《兩當軒集》。

生於清乾隆十四年己巳，卒於清乾隆四十八年癸卯，年三十五歲。

題畫二首

土浄煙空點欲無，一花一葉惹秋蕪。水精宫裏王孫畫，憔悴何曾似左徒。子昂〔一〕蘭

蒼凉翠袖感蕭辰，林下風標本絶倫。埽出數枝斑竹影，湘夫人對管夫人。仲

姬竹[二]

［一］「昂」原作「昻」，據咸豐八年黄氏家塾刻本《兩當軒全集》改。

［二］咸豐八年黄氏家塾刻本《兩當軒全集》「湘夫人」句下有小注：「以上二首稿藏吴君儆家。」

題明人畫蕉陰宫女次徐文長題詩韻

記調絃索侍深宫，手種芭蕉緑幾叢。行過蕉陰却回顧，美人心事怕秋風。

題曉山上人畫

夙昔煙霞意最親，披圖忽忽感前塵。雲林如此真幽絶，可有讀書長嘯人。

題潘寄湘照二首

荻花疏雨柳絲風，白板船掀箬葉篷。活國活人雙袖手，暫題詩在水雲中。

料理煙霞遺簿書，斯人用意未全疏。憐渠萬頃無垠碧，不鼓巴琴起大魚。

題錢雨樓圖照二首

天然矍隱骨嵯峨，破絮蒙頭自苦哦。殘雪一峰相對立，不知清氣落誰多。

凍合千林鳥斷群，此間位置儘宜君。誰知萬仞寒高意，沁入詩脾已十分。

題汪堃儀圖照

乘空列御是耶非，廣袖飄如鷁退飛。誰道寒高〔一〕歸不得，七重雲護半銖衣。

〔一〕「寒高」，咸豐八年黄氏家塾刻本、光緒二年重刻本、《國學基本叢書》排印本《兩當軒全集》俱作「高寒」。

題李南磵啖荔圖三首〔一〕

嶺南吏隱足清娱，親與仙人解絳襦。前有東坡後南磵，他年合作兩髯圖〔二〕。

枝頭風露飽璚漿，不啾酸甜啾色香。白足蠻童唱天半，摘來應勝黑衣郎。

我最清饞不自由，何年真作海南遊。多公更訪炎州桂，此味還當勝〔三〕一籌。

〔一〕嘉慶間刻本《悔存詩鈔》、咸豐八年黄氏家塾刻本、光緒二年重刻本、《國學基本叢書》排印本《兩當軒全集》題下有小注：「李名文藻，歷任廣東知縣，今將同知桂林。」

〔二〕嘉慶間刻本《悔存詩鈔》、咸豐八年黄氏家塾刻本、光緒二年重刻本、《國學基本叢書》排印本《兩當軒全集》「他年」句下有小注：「李多髯。」

〔三〕「勝」，嘉慶間刻本《悔存詩鈔》、咸豐八年黄氏家塾刻本、光緒二年重刻本、《國學基本叢書》排印本《兩當軒全集》俱作「進」。

又題其曝書圖三首

積帙晴窗偶一開，字〔一〕披魚粉出秦灰。願分太古九枝日，更曝胸中萬卷來。

根柢詞章古難合，儒林循吏況兼諸。誰從杜庫曹倉外，想見先生未〔二〕見書。

移官只載中郎竹，去越何來陸賈金。見説賣書方就道，知君不負十年心。

〔一〕「字」，嘉慶間刻本《悔存詩鈔》、咸豐八年黄氏家塾刻本、光緒二年重刻本、《國學基本叢書》排印本《兩當軒全集》俱作「手」。

〔二〕「未」，嘉慶間刻本《悔存詩鈔》、咸豐八年黄氏家塾刻本、光緒二年重刻本、《國學基本叢書》排印本《兩當軒全集》俱作「所」。

天真閣集

孫原湘　江蘇昭文人，字子瀟，號心青。嘉慶進士，改庶吉士，充武英殿協修。工駢散文，兼擅書畫，詩宗太白，與大興舒位、秀水王曇齊名，法式善作《三君詠》。有《天真閣集》。

生於清乾隆二十五年庚辰，卒於清道光九年己丑，年七十歲。

家淵如茂才星衍雙芍藥圖用蘭韻軒主人韻二首

月娥楚豔鬭芳叢，留取〔一〕春光屬化工。怕與小桃爭賣笑，故將花影背東風。

寫出交枝輭若絲，春愁酒病兩難支。名姬老去名花晚，一樣傷心不遇時。

〔一〕「取」，嘉慶五年刻本、光緒十一年重刻本《天真閣集》俱作「殿」。

桃源圖

洞中只許春風住〔一〕，吹出仙源一釣查。如此水清魚不見，滿溪多是碧桃花。

〔一〕「住」字原作空格，據嘉慶五年刻本、光緒十一年重刻本《天真閣集》補。

題王翬畫四首

一緑陰藏一樹花，有桃花處有人家。看山步出柴門嬾，别啟花間小牖斜。

萬箇琅玕翠不分，草堂清影弄紛紛。幽人閉户白雲裏，世上秋聲都不聞。

月影在地松在天，天風吹落露珠圓。松聲夜半蛟龍起，應有月中人未眠。

幾株老樹緑藏屋，數疊遠山青入門。世上熱官誰夢見，江南六月水雲村。

惲蘭溪夫人畫册二種　鄒小山侍郎配。

枸杞

穠桃豔李多空却，獨寫柔枝入粉紈。應取鄭風無折義，閨中頻展畫圖看。

稻

饑饉頻仍乙丙年，江鄉何處覓紅蓮。令人展卷猶增慨，一石曾銷半萬錢。

王翬扇頭小景

淺深山翠活難分，紅樹偏生礙夕曛。看到層層青不了，一層中有一層雲。

惲壽平秋海棠菊花小幅

同是秋花得氣遲，冷香未許婕蜂知。天生一種蕭疏致，多在哀蟬落葉時。

樵憇圖

拾得枯枝斷澗邊，松陰隨意可安眠。笑他擔子爭挑起，世事[一]何時肯息肩。

〔一〕「事」原作「是」，據嘉慶五年刻本、光緒十一年重刻本《天真閣集》改。

題楊晋梅子卷子二首

耕煙入室推楊晋，山水之餘及寫生。帶得荊關飛動勢，一枝一榦也縱橫。

不多幾筆看疑粗，中有詩情楮墨餘。讀到横斜水清淺，始知花影只宜疏。

扇頭鱸魚

偶貪香餌上輕絲，掛住秋風柳一枝。回首煙波無限好，横雲山下莫潮時。

自題畫梅二首

愛密嫌疏取次添，眼前春意十分妍。此生願化羅浮蝶，一朵花中住一年。

拈豪隨意綴珠胎，隨手圈成爛漫開。開到山坳雲缺處，水邊横過一枝來。
梅花取直不取曲，此理世人多未推。詩人獨得花情性，不畫庭梅畫野梅。
老榦縱横直不彎，點苔參用米家山。翛然獨立真超絶，雪月紛紛盡可删。

葬花圖蘭皋屬題四首

就使飄茵亦可憐，不如埋玉付重泉。清明過後無人埽，蝴蝶漫山當紙錢。
黴倖芳魂得所棲，一抔〔一〕小築夕陽西。花中亦有楊妃慘〔二〕，狼籍東風襯馬蹄。
未乾香土已黄昏，滅盡嫣紅姹紫痕。賸得護花旛一扇，風前猶是替〔三〕招魂。
了無片石誌孤墳，剪葉爲箋製誄文。濃緑有知應自感，他時誰與葬秋雲。

〔一〕「抔」原作「坏」，據嘉慶五年刻本、光緒十一年重刻本《天真閣集》改。
〔二〕「慘」原作「參」，據嘉慶五年刻本、光緒十一年重刻本《天真閣集》改。
〔三〕「替」，嘉慶五年刻本、光緒十一年重刻本《天真閣集》俱作「普」。

陸甫元中翰沅杏花書屋圖二首

水天如墨漏春痕，翠淺紅深裏一邨。中有詩人香夢穩，賣花聲過不開門。
金閶亭畔雨絲絲，四百紅橋艣一枝。都被畫工收拾去，邵庵詞意放翁詩。

畫梅四首

新年無客到山家，雨灑幽窗鼎沸茶。最是稱心清絶事，對梅花恰畫梅花。
觸手春生爛漫開，勝如仙夢寄瑶臺。此生天與因緣在，除却梅花畫不來。
寫出仙人萼緑華，瀟湘煙水剪冰花。人間無此消魂色，一片晴天弄翠霞。
元章妙手不肯傳，無人解畫羅浮仙。偶然興到一點筆，花壽又增三百年。

簪花圖二首

摘來香帶露華新，安上雲鬟更絶塵。高下入時心自覺，莫將宜稱問旁人。

雙鬟綽約助花嬌，小立風前勝步摇。若使手持明鏡照，自窺清影亦魂消。

荷花鴛鴦幛子

并命鴛鴦[一]并蔕蓮，銀塘照影盡如仙。憐他翠鳥孤飛去，不敢回身近水邊。

〔一〕「鴛鴦」，嘉慶五年刻本、光緒十一年重刻本《天真閣集》俱作「鴛禽」。

李小霞古木寒雲小景

翠微深處有人家，曲徑層層古木遮。如此寒雲天欲雪，開門明日[一]看梨花。

〔一〕「日」原作「月」，據嘉慶五年刻本、光緒十一年重刻本《天真閣集》改。

自題畫梅二首

自是瑶臺第一籌，香清骨瘦太風流。任他花史閒評泊，紅紫紛紛壓上頭。

耐盡霜欺又雪摧，不曾借力暖風開。誰從玉性[一]瑶情裏，寫出秣陵[二]鐵骨來。

〔一〕「性」原作「帷」，據嘉慶五年刻本、光緒十一年重刻本《天真閣集》改。
〔二〕「秣陵」，嘉慶五年刻本、光緒十一年重刻本《天真閣集》俱作「棱棱」。

聽鸝圖二首

緑陰選得最高枝，偷眼看人側耳時。寫出聽翁真意趣，詩人聽鳥鳥聽詩。

婉語間關百囀清，隔重花葉倍分明。人間多少箏琵耳，別有池塘鼓吹聲。

在翰林西堂畫梅四幀暇日各系一詩

瘦枝無力卧彎環，絶似疏籬野水間。記得玉堂清夢穩〔一〕，郭熙屏上看春山。

一官無味滯京華，火繖當空走電車。閒寫江南數枝雪，勝如觸熱到人家。

日下鬱蒸逃不得，偶思梅萼頓清寒。無由手拂南窗雪，對著真身畫與看。

惆悵尋春杜牧狂，歸來風落一林霜。枝頭梅子都零落，賸有娟娟畫裏看。

〔一〕「穩」，嘉慶五年刻本、光緒十一年重刻本《天真閣集》俱作「覺」。

霜林小幅

板橋流水石欹斜，小杜詩情爲晚霞。畫手拈豪更超絶，不將霜葉染桃花。

蘇有山學博榛屬題陽羡探梅圖二首

官閣寒香户畫扃，春風宜築小蘇亭。新增一卷斜川集，唤醒梅花讀與聽。

敲門索我題新句，正想尋詩學浩然。閣筆忽聞香撲鼻，滿天飛雪便開船。時將探梅鄧尉。

友人索畫

纔從香雪海中還，西蹟銅坑眼界寬。滿貯胸中萬冰玉，一枝隨意寫人看。

苦瓜和尚餘杭看山圖三首

老衲豪興蘸[一]墨濃，北宗於此别南宗。尚留幾點空濛處，想見餘杭以外峰。

八大山人哭笑因，清湘又見此陳人。憑他眼底煙雲飽，一角殘山看不真。

燕園一卷怪峰巒，茶熟香温幾遍看。悟出畫禪三昧旨，瞎尊終後有〔二〕髡殘。

〔一〕「興蘸」原作「尖醮」，據嘉慶五年刻本、光緒十一年重刻本《天真閣集》改。

〔二〕「後有」，嘉慶五年刻本、光緒十一年重刻本《天真閣集》俱作「竟勝」。

自題畫梅三首

老榦多年壓雪彎，蒼苔溜雨翠斕斑。繁枝亂插如無意，一筆分明不可删。

偃蹇離披不耐看，要傳高格在清寒。短長疏密皆容易，寫到剛剛恰好難。

不多幾筆自風神，得意何須刻寫真。只似嫩寒初月夜，亭亭著箇澹妝人。

浦曉江彈琴圖二首　旁有姬人傾聽。

我如彭澤已翛然，君尚高彈宓子絃。何日歸來山水畔，紫瓊三尺緑陰眠。

雙頰桃花兩鬢雲，蔡文姬否卓文君。世間只有箏琵耳，此調何人側耳聞。

替人。

題屈子謙殘畫二首

鐵笛吹涼玉藥枯，塵寰小住事饃餬。閒窗點罷離騷卷，自寫秋風薄命圖。

海内丹青漸失真，王椒畦粗錢叔美細兩家新。天風吹折湘江蕙，不許畊煙有替人。

味霞寒林踏月圖

四天如水一珠〔一〕寒，獨立溪橋仰面看。銀世界中同醉夢，更無人倚玉闌干。

〔一〕「珠」原作「株」，據嘉慶五年刻本、光緒十一年重刻本《天真閣集》改。

黄韻山大令泰巡簷索笑圖二首

擲却銅符把釣綸，孤山明月耐清貧。梅花值得迎君笑，林下相逢有幾人。

如覩瑶妃玉齒開，忍寒何惜重徘徊。豪門浪把千金擲，未博傾城一笑來。

乘槎圖二首

碧天何處有人家，萬里長風一釣槎。遥指空明秋水外，紅雲幾朵是桃花。
一葉紅蓮入杳冥，漫漫不辨水天形。明朝異事喧傳遍，斗宿光中見客星。

黄葉聲中自著書圖爲吴生震賦三首

青娥著意畫秋妍，老樹臨風豔欲仙。何必桃花方易世，此中山色可忘年。
臥聽落葉小窗深，詩夢還從鶴背尋。那肯一秋閒賦手，赤霞堆裏鍊仙心。
高臥空山不識春，飄從荒率悟天真。莫將此處秋消息，説〔一〕與城中肉食人。

〔一〕「説」原作「識」，據嘉慶五年刻本、光緒十一年重刻本《天真閣集》改。

題花卉草蟲册子二首

澹黄深紫夕陽開，瘦石玲瓏半蘚苔。解得秋光比春豔，草蟲如雨自飛來。
小徑煙荒露未晞，寒香冷豔總芳菲。笑他雙蛺無聊甚，各揀花叢愛處飛。

蕉窗聽雨圖呂生偉山乞題二首

風蕩湘簾水樣搖，緑天深處聽瀟瀟。燈花爲結雙紅豆，守盡殘更不忍挑。

滴盡幽窗碎雨聲，破人愁夢到天明。不知一夜詩情好，轉在瀟瀟葉上生。

題畫二首

唤得輕舠似鈌瓜，半容人坐半容花。白鷗天外瀰瀰緑，數點[一]春愁是落霞。

春水如雲欲上天，任流閒夢到鷗邊。東風吹過谿橋去，逢著桃花也住船。

[一]「點」原作空格，據嘉慶五年刻本、光緒十一年重刻本《天真閣集》補。

題徐俟齋山水

先生峻節白雪飛，静掩槃阿兩板扉。閒寫江南秋一角，此中應有首陽薇。

題畫三首

青山紅樹太離迷，化作寒霞映小谿。秋色自濃人自澹，詩情不過畫橋西。

杖藜何事撥閒雲，詩在空山久待君。莫羡仙樓如畫好，最高峰頂易斜曛。

霜天詩意滿西城，樓閣參差繪晚晴。料理一枝笻竹杖，大癡圖裏聽秋聲。

仇實父畫陶淵明歸去來圖二首

輕舠一葉載雲還，人在仙源杳靄間。應笑龍眠〔一〕猶色相，西園塗緑上春山。

一官花影過無痕，夢罷羲皇倒緑尊。松頂閒雲如我嬾〔二〕，春風吹不出柴門。

〔一〕「眠」，嘉慶五年刻本、光緒十一年重刻本《天真閣集》俱作「瞑」。

〔二〕「嬾」原作「嫩」，據嘉慶五年刻本、光緒十一年重刻本《天真閣集》改。

題　畫

片帆飛破一江秋〔一〕，咫尺應論萬里流。畫裏看來誠快絶，可知風急不能收。

〔一〕「秋」原作空格，據嘉慶五年刻本、光緒十一年重刻本《天真閣集》補。

畫梅寄平叔

千里相思兩鬢華，聊憑驛使寄梅花。遥知一笑開函處，散作春風十萬家。

題黄韻山山水册子韻山，一峰十六世孫。

掉頭歸臥釣魚臺，載得峨眉片月回。手寫芙蓉三萬朵，一峰飛去一峰來。

畫梅與邵生廣鈖

巖坳深雪瘦枝蟠，骨傲天生耐得寒。得意自開花一樹，不曾開與世人看。

畫梅二首

仙骨亭亭不染埃，自臨清沼影徘徊。人間只種凡桃李，何苦東風寂寞開。

横跨巖坳受雪封，冰心鐵榦耐深冬。雖然未預調羹事，亦是山中一臥龍。

題畫蘭二首

宛然清露被江皋，葉葉靈芬出素豪。一種離披煙雨態，勝泥殘壁畫離騷。
寫得靈根九畹芳，玉叉高展看瀟湘。春風吹過閒蝴蜨，畫裏來尋畫外香。

鍾映淵得姬人陳澹宜作刀尺侑觴圖索題戲成三絕句

刀尺聲中玉漏長，一鈎斜月照流黄。勸郎今夜東風暖，更爲如花盡一觴。
鍼箱線帖伴琴書，擁髻風情倦繡餘。一縷柔絲雙剪水，酒龍粗氣盡消除。
不數盧家有莫愁，并頭雙影照銀甌。酒闌更泥麻姑爪，繡了鴛鴦繡醉侯。

太真沉醉圖

花夢沉沉紫霧冥，東風扶起尚忪惺。海棠嬌態濃於酒，連著君王醉不醒。

自題畫楳二首

天生倔彊一枝斜，老住空山閲歲華。遮斷白雲人不到，春風得意自開花。
受盡嚴霜朔雪欺，孤芳全不合時宜。胎中自具調羹性，説與桃花却不知。

載書訪友圖

艣枝閒趁白鷗群，伊軋聲柔隔浦聞。一片詩情揺蕩煞，垂虹明月剡溪雲。

吴江穆辛甫茂才秉桂遊如臯水繪園有感於辟疆往事訪影梅菴圖乞題二首　圖係王椒畦作。

老樹〔一〕蒼涼繪水痕，鷗雲雅樹易黄昏。玉笙吹月人何處，招煞梅花扇底魂。
奩豔消〔二〕殘鏡粉空，青蓮小夢化西風。秋棠開遍無人管，自滴空階冷雨紅。

〔一〕「樹」，嘉慶五年刻本、光緒十一年重刻本《天真閣集》俱作「筆」。

〔二〕「消」原作「清」，據嘉慶五年刻本、光緒十一年重刻本《天真閣集》改。

乙酉五月寫梅自遣四首　頌堯按，此子瀟借以悼亡也。

玉笛吹雲去渺茫，瑶臺前事費思量。春風縱有追魂筆，難起泥中一縷香。

絶世丰神下筆難，却思眠去夢中看。如何夢也都無影，一夜空騎鶴背寒。

雪海冰天不可温，一樓殘紙駐春痕。曾窺〔一〕雙笑花前影，只有當年冷月魂。

疏花幾點著空濛，曾許調羹在此中。拍遍闌干無哭處，自研殘淚畫春風。

〔一〕「窺」原作「寬」，據嘉慶五年刻本、光緒十一年重刻本《天真閣集》改。

顧横波夫人畫菜

一種秦淮舊日春，冰綃渲出雪精神。難將世外幽人味，説與春明肉食人。

薰風中寫梅

能得衝〔一〕寒幾日香，那堪著筆費思量。畫中不怕風吹落〔二〕，畢竟虚空意味長。

〔一〕「衡」原作「衡」，據嘉慶五年刻本、光緒十一年重刻本《天真閣集》改。

〔二〕「落」原作「華」，據嘉慶五年刻本、光緒十一年重刻本《天真閣集》改。

贈雲間馬生即題其煮雪圖二首　生工寫生。

疏瀹冰魂煉玉真，松風吹熟一爐春。梨花世界梅花味，瞞過銷金帳裏人。

閉門僵臥聽春濤，一琖湘雲一葉騷。四壁萬花低不語，人間還有九方皋。

畫梅

桃李紛紛鬬豔新，孤山閒煞一枝春。出門盡是看花客，真賞寒香有幾人。

題郎蘇門侍御保辰畫蟹菊余不識蘇門覩其畫理〔一〕蕭散令人陡憶船山當年也

畫出漁邨十月天，霜螯肥碩菊〔二〕清妍。京朝官有江湖夢，如此風情憶老船。

〔一〕「理」字原闕，據嘉慶五年刻本、光緒十一年重刻本《天真閣集》補。
〔二〕「菊」，嘉慶五年刻本、光緒十一年重刻本《天真閣集》俱作「鞠」。

南田秋海棠小景〔一〕

一絲清氣九迴腸，天與幽情壓衆芳。十二珠〔二〕簾風蕩颺，無人不道木犀香。

〔一〕「小景」二字原闕，據嘉慶五年刻本、光緒十一年重刻本《天真閣集》補。
〔二〕「珠」原作「枝」，據嘉慶五年刻本、光緒十一年重刻本《天真閣集》改。

題　畫

翠靄迷離雲缺處，山窗飛入一樓詩。松花埽罷日無事，静閉煙蘿拜大癡。

題扇頭雪梅小景

天公一夜散天葩，凍壓千林玉樹斜。修到和香和〔一〕雪住，也應〔二〕風骨似梅花。

〔一〕「和香和」原作「人和香」，據嘉慶五年刻本、光緒十一年重刻本《天真閣集》改。

〔二〕「也應」原作「静閉」，據嘉慶五年刻本、光緒十一年重刻本《天真閣集》改。

寫梅未了畹卿適至代余補花綴苔頃刻〔一〕成四幀〔二〕神致飛動各系以詩

鐵榦虬枝凍欲僵，著花何處費商量。仙人腕底春風活，頃刻瑶臺月盡香。

墨痕香氣半氤氲，妙腕靈心尚待君。空裏〔三〕著花三數點，全身〔四〕飛動萬枝雲。

拈豪著紙便生香，水墨都融雪月光。夭矯玉龍飛不去，長留清氣在虚堂。

蟠天際地萬枝斜，枝隙還留補月華。一片空明香欲動，不知是月是梅花。

〔一〕「刻」字原闕，據嘉慶五年刻本、光緒十一年重刻本《天真閣集》補。
〔二〕「幀」，嘉慶五年刻本、光緒十一年重刻本《天真閣集》俱作「幅」。
〔三〕「空裏」原作「定得」，據嘉慶五年刻本、光緒十一年重刻本《天真閣集》改。
〔四〕「身」原作「神」，據嘉慶五年刻本、光緒十一年重刻本《天真閣集》改。

松壺畫贅

錢杜　浙江錢塘人，原名榆，字叔美，號松壺，又號壺公，一號卍居士。攬勝好遊，足跡幾遍天下。工詩，深通畫法，人物、花卉靡不精，尤擅山水。有《松壺畫贅》、《畫憶》、《詩存》[一]等。

生於清乾隆二十八年癸未，卒於清道光二十四年甲辰，年八十二歲。

〔一〕「詩存」前原有「贅」字，衍。

汪西伯索畫倪迂小景

妙諦真如百級登，清於野鶴澹於僧。何因夢見倪高士，江上青山畫一層。

題團扇

碧天涼影亂啼鴉，水調玲瓏唱落霞。夢入小紅橋外路，四圍風柳一湖花。

臨吴仲圭武夷仙屋圖〔一〕

江風颯颯打琴絃，傍午鳩啼欲雨天。一院蜻蜓人不見，蕉花紅到碧簾前。

〔一〕光緒六年八喜齋重刊本《松壺先生集》、光緒十五年《榆園叢書》本、《叢書集成》本《松壺畫贅》題俱作「吴仲圭武夷仙居圖幽秀極似趙榮禄名筆固無所不能信哉古渠老師屬臨是本」。

撫雲西老人荒率意

荻蘆陰裏小徘徊，薄暝〔一〕輕舠且未開。山葉打篷風拍〔二〕水，蟲聲如雨過溪來。

〔一〕「暝」原作「暮」，據光緒六年八喜齋重刊本《松壺先生集》、光緒十五年《榆園叢書》本、《叢書集成》本《松壺畫贅》改。

〔二〕「拍」原作「怕」，據光緒六年八喜齋重刊本《松壺先生集》、光緒十五年《榆園叢書》本、《叢書集成》本《松壺畫贅》改。

松塢幽居圖〔一〕

亂蟬渡水日當午，深竹連山客正眠。静掩茅齋誰剥啄，松花一寸落門前。

〔一〕光緒六年八喜齋重刊本《松壺先生集》、光緒十五年《榆園叢書》本、《叢書集成》本《松壺畫贅》有小序：「松雪是卷雖大設色而古静淵穆，非與唐宋諸家鏖戰數十年未易臻此。東田先生索臨，竟月始就，未知與古人有合處否。」

爲君壽作便面

小樓依約一鐙紅，遠樹微茫細雨中。十二屏風寒不掩，秋聲隨夢入梧桐。

仿唐子畏

一箇茅亭竹萬竿，讀書牀上午猶寒。茶聲閒沸南風裏，紗帽籠頭勝冷官。

湖田秋泛圖〔一〕

南湖人散碧無煙，衰柳殘蘆白稻田。特爲移舟看霜葉，野塘驚起鷺鷥〔二〕眠。

〔一〕光緒六年八喜齋重刊本《松壺先生集》、光緒十五年《榆園叢書》本、《叢書集成》本《松壺畫贅》題作「湖田秋泛爲伯雅兄作」。

〔二〕「鷥」原作「鶩」，據光緒六年八喜齋重刊本《松壺先生集》、光緒十五年《榆園叢書》本、《叢書集成》本《松壺畫贅》改。

倣文伯仁秋巒疊翠

霜葉圍村返照初，野禽格磔路生疏。此生合住西溪未，青笠紅衫秃尾驢。

撫張伯雨

落日溪山小逗留，溪深六月似殘秋。烏篷繫住濃陰裏，一尺黃魚上釣鈎。

胡心農索畫劍門行旅

柴關霜滑馬蹄響，劍閣樹深猿語重。看遍寒山誰入畫，武侯祠下一株松。

西溪棹月圖

一夜東風吹雪霽，前山空翠已模糊。扁舟記得西溪渚，無數沙鷗伴老夫。

仿李晞古

獨訪僧樓野徑斜，茅菴初日晒[一]袈裟。林風撲面渾忘暑，梔子香中剥枇杷。

〔一〕「晒」原作「掩」，據光緒六年八喜齋重刊本《松壺先生集》、光緒十五年《榆園叢書》本、《叢書集成》本《松壺畫贅》改。

爲小曼作設色山水[一]

歸雲輕墮遠峰角，野水亂吟深竹中。過磵鐘聲猶未午，四山秋樹落殘紅。

〔一〕光緒六年八喜齋重刊本《松壺先生集》、光緒十五年《榆園叢書》本、《叢書集成》本《松壺畫贅》題俱作「再爲小曼作設色山水」。

仿唐子華桐花[一]館圖

松棚藤架竹匡牀，夢入華胥自在鄉。牆上月高池半黑，桐花圍住小迴廊。

〔一〕「花」，光緒六年八喜齋重刊本《松壺先生集》、光緒十五年《榆園叢書》本、《叢書集成》本

《松壺畫贅》作「華」。

李子望索作幀俄頃而成〔一〕

村缺樹濃微辨徑，門前港細未通潮。不知誰引溪風入，漁艇無人自過橋。

〔一〕光緒六年八喜齋重刊本《松壺先生集》、光緒十五年《榆園叢書》本、《叢書集成》本《松壺畫贅》題作「李子望索作小幀俄頃而成雲林生云速者不佳遲亦未必工耳」。

寫西興小景〔一〕

扁舟秋夜泊西興，遠岸玲瓏見佛鐙。風葉滿天潮不上，月斜猶有渡江僧。

〔一〕光緒六年八喜齋重刊本《松壺先生集》、光緒十五年《榆園叢書》本、《叢書集成》本《松壺畫贅》題作「寫西興小景與老薑」。

樊村索寫殿〔一〕湖道中所見

海雲出寺日當午，風葉過溪秋滿村。剛是山翁新酒熟，一湖花樹〔二〕不開門。

〔一〕「殿」，光緒六年八喜齋重刊本《松壺先生集》、光緒十五年《榆園叢書》本、《叢書集成》本《松壺畫贅》俱作「澱」。
〔二〕「樹」，光緒六年八喜齋重刊本《松壺先生集》、光緒十五年《榆園叢書》本、《叢書集成》本《松壺畫贅》俱作「謝」。

爲孟楷寫畫船聽雨

連江春雨泊烏篷，柳岸深沉一夜風。鷗〔一〕夢不醒箏語細，紅窗寒掩落花中。

〔一〕「鷗」原作「甌」，據光緒六年八喜齋重刊本《松壺先生集》、光緒十五年《榆園叢書》本、《叢書集成》本《松壺畫贅》改。

村塢幽居擬文伯仁

牆缺秋藤已露梢，花畦野水細如潮。門前十丈紅樫樹，遮斷新支白板橋。

船山詩草

張問陶　四川遂寧人，字仲冶，號船山。乾隆進士，由檢討累官萊州知府，以病辭，僑居吴門，顔所居曰「樂天天隨鄰屋」。狀似猿，自號蜀山老猿，亦稱老船，又號藥庵退守。工詩，沉鬱空靈，爲清代蜀中詩人之冠。書法檢勁，畫近徐青藤。有《船山詩集》。

生於清乾隆二十九年甲申，卒於清嘉慶十九年甲戌，年五十一歲。

題萬上遴畫竹

秋煙籠竹澹雲開，翠雨濛濛欲滿苔。石上月痕枝外影，絹頭疑有野光來。

題吴山尊鼒畫

鳩兹東去江船冷，過雁歸鴉静不喧。舊夢十年猶彷彿，一帆秋色水當門。

題圖牧山清格畫蘭

揮毫拂拂畫生氣，絶似揚州鄭克柔。筆墨無功性靈出，一痕花影一痕秋。

畫竹自題〔一〕

偶拈醉筆過人間，天海遨遊且未還。五嶽兒孫都看盡，憑空自寫意中山。

〔一〕道光二十九年增修本《船山詩草》題作「作畫自題」。

爲魏春松畫扇題〔一〕

秋茄葉大晚風疏，籬荳花殘結子初。莫笑堆盤太寒儉，本來真味在園蔬。

〔一〕道光二十九年增修本《船山詩草》題作「爲魏春松畫扇戲題」。

自題山水

幾家茅屋隱雲隈，應有軒窗向水開。笑指江天無盡處，一帆如爲酒旗來。

爲香圃作補梅書屋圖并題

重補羅浮未了因，春情濃處一枝新。滿衣明月香如水，知是梅花是美人。

題畫雙松

拂紙蒼然寫亂松，月斜隱隱見雙龍。歲寒自有真風骨，知在天都第幾峰。

畫竹寄阿雨窗

胸中蕭散無成法，況是新秋被酒時。遥想先生窗紙上，雨痕風態一枝枝。

黄癭瓢以米家山法寫摩詰山果草蟲詩意爲墨卿比部題

詩情畫態總天成，未拂生綃氣已清。一片空山深夜雨，最模糊處最分明。

畫拾得像題句

庫院道遥住幾年，誰知埽地即參禪。齋廚火滅寒巖合，到底無人見普賢。

題　畫

青林紅樹澹無塵，詩思無多味已真。我亦長安車馬客，幾生修到跨驢人。

吴雲海兵部大翼桃花書屋圖

北地桃花瘦可憐，略如村女笑嫣然。羡君庭院真奇絶，幻〔一〕出天台一洞天。

〔一〕「幻」原作「句」，據道光二十九年增修本《船山詩草》改。

題　畫

淩空梯磴望中分，時有青猿弄白雲。逋客不歸出更好，英靈何暇勒移文。

題錢籜石先生蘭竹

竹笑蘭言迥自如，遊心真在物之初。開圖頓有臨池興，花葉分明是草書。

鉼水齋詩集

舒位　直隸大興人，字立人、鐵雲〔一〕，小字犀禪。乾隆舉人。工詩，沈博閎恣，横絶一世。嘗從勒保征狆苗，貴州土司有龍幺妹者，美而善戰，勒保欲爲位執柯，位婉辭之，後詩記其事，時傳爲佳話。有《鉼水齋集》。

生於清乾隆三十年乙酉，卒於清嘉慶二十年乙亥，年五十一歲。

〔一〕「鐵雲」前原有「遮」字，衍。

題畫牡丹絶句

賞花取次惜花殘，富貴神仙事渺漫。不及夢中傳彩筆，尚能留到子孫看。

伯父倣唐子畏富春山圖一角命題二首

桐江詰曲好煙波，隱隱青山響櫂歌。纔展谿藤似相識，十年前向畫中過。

疏簾清簟夢初醒，下直凝香晝掩屏。此〔一〕似六如三丈卷，未妨縮本寫蘭亭。

〔一〕「此」，嘉慶二十一年刻本、光緒十七年增修本、《叢書集成》本《缾水齋詩集》俱作「比」。

爲人題海市圖 五首

彈指華嚴見也無，恒河沙數萬須臾。不愁海市難長在，尚有人間海市圖。

水精宫近市無塵，一物猶堪直萬緡。幸未許時吹散了，不然航海更多人。

人海浮雲宦海風，真成見慣老司空。但供吟嘯休祈禱，笑殺登州百歲翁。

冰綃織水水生花，縹緲虚無未有涯。除却題詩作畫處，更無實地可移家。

我是前身杜牧之，車乾海水洗相思。只愁驚起潛驪夢，摘取明珠市此詩。

題昭明閣内史畫蘭扇子 三首

絶代佳人老畫師，空山臭味不差池。費他一滴金壺水，寫到花歌葉舞時。

半窗朱鳥閣春陰，深寫梅梢澹寫心。絶憶湘人詞賦裏，雪花如片夜彈琴。

禊事纔修扇影多，天花香散墨池波。阿儂家近蘭亭子，吹慣春風晋永和。

爲人題豆棚閒話圖五首

清淺茶鐺濁酒杯，秋聲香送豆花開。不須更糴桃花米，蒜友瓜朋日日來。

水天閒話隔重簾，未抵涼陰四面添。償盡人間言語債，夜深殘夢一鄉甜。

田園雜興儲太祝，裙屐風流晋右軍。些子韶光阿堵裏，桑麻雞犬亦紛紛。

留髡送客太荒唐，野鳥山花此擅場。只要一年天氣好，三家邨裏話農桑。

三千説法諸天碧，廿一彈詞野史青。等我南樓清興發，也來搬與大家聽。

元日題畫菜二首

夜鯉晨鳬未足誇，書生骨相野人家。年來讀遍群芳譜，祇愛青山出菜花。

勝他依樣畫葫蘆，雨甲煙苗緑一鋤。領略春風好滋味，芳蔬園裏歲朝圖。

題女士歸佩珊懋儀蘭皋覓句圖二首

分明翠袖倚風裁，佳句蒼茫拂緒來。占盡人間詩境界，萬山深處一花開。
儷雪青琴一曲閒，湘人門巷月彎環。定知得句還家早，夢到都梁縣裏山。

題鄭純人州牧美人說劍圖三首

一轉秋波出匣中，華嚴法界倚崆峒。他生願作芙蓉室，斜傍裙腰半角紅。
玉貌珠衣弟子行，十年霜雪字春坊。不如磨得甎如鏡，照見佳人絕代妝。
妙蓮華裏團雲隊，酸棗林中色界天。放下花枝無一語，英雄兒女各神仙。

錢師竹深林月照圖二首

夜涼〔一〕風篁夢較遲，抱琴來寫畫中詩。不知秋思誰家好，又是蒼蒼月上時。
右丞亭館左司牀，曾到幽人舊草堂。記得翠琅玕裏路，四圍流水一層牆。

〔一〕「夜涼」，嘉慶二十一年刻本、光緒十七年增修本、《叢書集成》本《缾水齋詩集》作「涼夜」。

緑梅花圖爲子茗題四首

紫府仙人隔絳紗，黄姑天漢冷秋槎。倩誰管領春消息，只有閶門萼緑華。
羅浮山外月如弓，翠羽飛來一笑濃。容我題詩寄花片，分明勝似碧紗籠。
吟處難消昨日愁，畫成也得幾生修。自從黄鶴樓中笛，漢水年年是鴨頭。
疏影填詞細似塵，消寒圖裏詠花人。不須更乞閒螺黛，但買胭脂便是春。

題吴興沈芥舟所畫潯陽琵琶圖二首

商人例不解琵琶，罰向浮梁去販茶。留取青衫兩行淚，調鉛殺粉寫蘆花。
不似灣頭馮小憐，却如江上李龜年。畫師詞客都愁絶，難得佳〔一〕人老大傳。

〔一〕「佳」原作「住」，據嘉慶二十一年刻本、光緒十七年增修本、《叢書集成》本《缾水齋詩集》改。

題臥雲倣陸復紅梅卷子三首

疏影修簫白石詞，變宫八十一臙脂。祇應貰酒羅浮去，月落星横頩[一]頰時。
芙蓉簾幕海棠巢，未抵珍珠慰寂寥。十丈紅塵飛不定，又隨春色上花梢。
年年芳信負東風，换骨丹無一點通。賴是夢中得綵筆，畫工容易奪天工。

〔一〕「頩」，原爲「赭」，據嘉慶二十一年刻本、光緒十七年增修本、《叢書集成》本《缾水齋詩集》改。

題子山樊邨草堂圖

詩人例有草堂存，樹繞[一]書樓水到門。絶妙盛唐詩本事，藍田别業浣花邨。

〔一〕「樹繞」原作「繞樹」，據嘉慶二十一年刻本、光緒十七年增修本、《叢書集成》本《缾水齋詩集》乙正。

靈芬館集

郭麐　江蘇吴江人，字祥伯，號頻伽。嘉慶間貢生。工詩古文辭，醉後畫竹石，别有天趣。晚年僑居嘉善以終。有《金石例補》、《靈芬館全集》。生於清乾隆三十二年丁亥，卒於清道光十一年辛卯，年六十五歲。

題張芑堂畫蘭二首

湘水瀟煙入渺茫，風苗露葉任低昂。瓣香未覺風流盡，絶似春波老侍郎。

遺文金石與誰論，石鼓亭荒墨妙存。圖裏春風吹不到，也同宿草認陳根。

題鐵生秋林圖

打頭黄葉酒人來，曾共奚生數舉杯。君向西湖試尋看，壞牆題字沿蒼苔。

題鐵生小景八幀

一重一掩轉深幽，沙嘴彎碕隱渡頭。莫怪老奚窮到骨，畫成真遣一生愁。
我與諸君到處同，太虛爲室月當空。始知絶代元真子，不在風斜雨細中。
一條略彴隔谿横，對面群峰大段青。記得蹇驢馱我去，松風兩耳冷泉亭。
疏篁幽磵各泠泠，坐撫枯梧對石屏。此地斷無箏笛耳，何妨彈與此群聽。
殘堞微茫澹月寒，孤篷疏柳隔前灘。人間第一銷魂景，莫遣屯田柳七看。
當年朱老愛君句，作書贈之落墨肥。雨裏雲中好粉本，何曾辛苦學元暉。
吾家舊是水邨居，老柳蕭蕭獨樹疏。只少屋頭山一角，不然多恐盡難如。
從來秋士愛秋山，澗碧苔蒼自往還。明日去尋湖上路，春江應笑醉時顔。

題静芳女史眠琴緑陰圖二首

明光彈罷静愔愔，蘿屋寒多晝亦陰。合喚侍兒早囊取，移時只恐落花深。

高情雅韻少人知，何似昭文不鼓時。一樣春風吹鬢影，自憐禪榻杜分司。

題徐問渠楙秋聲館圖館爲符幼魯故居。

一宅臨江豈重輕，千秋終屬庾蘭成。高梧修竹應多幸，莫向西風鳴不平。

題叔美終葵畫扇二首

是處榴花照眼明，緋袍烏帽好儀形。清時草木無依附，閒看終南山色青。

畫手長康亦太癡，神叢愛寫此予思。不如愬取渠家妹，舞袖弓彎唱鮑詩。

題苣鄰方伯藤花吟館圖三首

三月春風趺蔓長，諸天瓔珞粲生光。分明罨畫谿山路，知是著書人姓梁。

青楊五柳高名重，桐木三槐世德深。到處甘棠長如握，中庭添得幾多陰。

千秋傳説此高齋，畫手詩心費翦裁。一等世間閒草木，欲教人弔剡溪來。

題屠子垣湘青山歸趣圖

門外垂楊已十圍，門前新水没漁磯。青山大是無情物，冷眼看人歸未歸。

方蘭翁所畫南湖修褉圖今藏文後山家上巳過後山齋頭出觀爲題二首

佳遊留得畫圖看，煙雨樓頭食又寒。我是湖中舊漚鷺，曾從病裏識方干〔一〕。

故侶重逢笑語温，謂種〔二〕水。扁舟一繫郭東門。青衫未要湔裙〔三〕水，爲有年時舊酒痕。

〔一〕「干」原作「午」，據嘉慶道光間刻本《靈芬館詩》改。

〔二〕「種」，嘉慶道光間刻本《靈芬館詩》作「穜」。

〔三〕「裙」原作「群」，據嘉慶道光間刻本《靈芬館詩》改。

題子瀟太史隱湖偕隱圖三首

山作屏風雲〔一〕作圖，全家移住此冰壺。嘉名天與幽人錫，底事黄冠乞鑑湖。

有官不赴過中年，鰕菜難忘范蠡船。一樣圖書與雞犬，免教人謗是神仙。

運期歲歲客天涯，歌罷五噫亦自嗟。分與一篙瓜蔓水，不消杵臼傍人家。

〔一〕「雲」原作「露」，據嘉慶道光間刻本《靈芬館詩》改。

題樊補之鍾岳虹橋雁水圖二首

江鄉風物繫人思，宛轉橋通六枳籬。挈〔一〕鷺提鵬〔二〕詩總好，不須作記學園池。

昔賢遺蹟未模糊，菊隱風流得似無。只我詩篇媿裴迪，不能點綴輞川圖〔三〕。

〔一〕「挈」原作「絜」，據嘉慶道光間刻本《靈芬館詩》改。

〔二〕「鵬」原作「鶡」，據嘉慶道光間刻本《靈芬館詩》改。

〔三〕嘉慶道光間刻本《靈芬館詩》「不能」句下有小注：「蔣石林作《聞川雜詠序》云，輞川南北垞一區耳，得王、裴墨瀋便足千古。聞川，即雁水也。」

題樊信舟鍾海南遊鼓柁圖

湘雲湘水滿征袍，歸指閩川碧一篙。解得美人香草意，不嫌詩格近離騷。

周實夫鳴鑾采藥小照二首

證取徵君位業圖，靈苗靈〔一〕草滿山鋪。埽除白髮渾閒事，得見金成河塞無〔二〕。

度世登真我自咍，空山拾橡獨徘徊。如何絶世佳公子，也要長鑱託命來。

〔一〕「靈」，嘉慶道光間刻本《靈芬館詩》作「藥」。

〔二〕嘉慶道光間刻本《靈芬館詩》「得見」句下有小注：「尊甫希甫太守治河有績。」

補之出示張篁邨宗蒼畫卷爲題〔一〕二絶

畫院詞林任謗訕，當時誰得似衡山。風流能繼前賢後，太息先朝供奉班〔二〕。

近日畫家多一律，愛於淺澹見豐容。請看入骨清雄氣，可許南宗笑北宗。

〔一〕「題」，嘉慶道光間刻本《靈芬館詩》作「書」。

〔二〕嘉慶道光間刻本《靈芬館詩》「太息」句下有小注：「篁邨以供奉得官。」

題畫仕女四首

屋梁朝日映流霞，已拓當風六扇紗。自對圓冰惜顏色，不知開老碧桃花。

高樓芳樹一重重，密意難傳況易逢。窮袴守官〔一〕牢護惜〔二〕，不須抵死怨烏龍。

蘋葉初齊水漫流，芙蓉渺渺迴〔三〕含愁。人間多少文鴛侶，容易池塘又暮秋。

鴉孃啼處凍雲垂，風雪連年作客羈。想見蘆簾紙閣底，有人擁髻數歸期。

〔一〕「官」，嘉慶道光間刻本《靈芬館詩》作「宫」。

〔二〕「惜」原作「借」，據嘉慶道光間刻本《靈芬館詩》改。

〔三〕「迴」原作「向」，據嘉慶道光間刻本《靈芬館詩》改。

題洞庭山人秋夜讀書圖

秘笈琅函手自箋，愚懵那許作神仙。博聞奇逸陶弘景，不藉區區方技傳。

題虎丘倉頡祠圖

笙歌金粉鬧喧闐，忽有叢祠肇古先。我奉瓣香神聽否，不須識字只耕田。

蘿屋暮寒圖

天寒日暮佳人屋，帶荔披蘿山鬼詞。一等騷情渾不解，被人派作女郎詩。

玉華女士畫竹二首

子研離離發古香，熏爐催徙侍兒忙。翠羅不惜當風卷，腕底珊瑚爾許長。

閨閣同酬翰墨勛，好從趙管證前聞。應知不弄閒脂粉，自有〔一〕文紗寫墨君。

〔一〕「有」，嘉慶道光間刻本《靈芬館詩》作「拓」。

子未百藥山房圖三首

不書青李來禽帖，不服青黏漆葉方。家在菖蒲涇畔住，魚苗水長藥苗香。

漢學而今漸不靈，又沿宋氏闢門庭。知君意在先秦上，種樹書兼本草經。

微軀此外更何求，老矣惟思臥一丘。若問養生須底物，花能蠲〔一〕忿草忘憂。

〔一〕「蠲」原作「鷁」，據嘉慶道光間刻本《靈芬館詩》改。

題改七薌畫仕女二首

露冷風尖薄袂涼，爲誰悄悄立昏黄。明蟾欲墮寒螿歇，自對秋花説斷腸。

記曾羅韈見弓弓，桐樹陰西小院東。依舊苔痕青一段，更無人影立當中。

題滄浪亭圖

口詠滄浪太古篇，湖州〔一〕長史已頹然。請看買斷閒風月，可用區區故紙錢。

〔一〕「州」原作「洲」，據嘉慶道光間刻本《靈芬館詩》改。

貍奴仕女圖

微雲澹雨夢茫茫，蕭寺鐘聲尚殷牀。此是春人梳洗後，繡墩猶暖錦衾涼。

小謨觴館詩集

彭兆蓀　江蘇太倉人，字湘涵，又字甘亭。工詩，駢體又尤鴻博沈麗，爲時所重。嘗遊江蘇布政使胡克家及兩淮轉運使曾燠幕。道光初舉孝廉方正，未赴卒。有《小謨觴館集》。

生於清乾隆三十三年丙子，卒於清道光元年辛巳，年五十四歲。

文姬歸漢圖三首

路出祁連〔一〕塞草寒，兩雛抛去返呼韓。紅顏别有傷心事，莫與蘇卿一例看。

明妃冢接烏孫路，又送文姬萬里還。看盡往來人似玉，無情最是紇干山。

茫茫家國萬愁來，有幾蛾眉絶域回。一種英雄輸女子，月明揮淚李陵臺。

〔一〕「連」原作「蓮」，據嘉慶十一年刻二十二年增修本《小謨觴館詩文集》改。

題湘蘅女弟畫扇五首

小篆迴文印好嬉，蓮花莊子皺春漪。年來省識鷗波格，手爇都梁拜仲姬。
徐陵筆架沈珪丸，澹埽煙蘿墨未乾。一種大姚村畔夢，西風吹上白蘋灘。
流水蓬蓬望遠村〔一〕，依稀茅舍枕芳津。商量白石清泉裏，莫有牽蘿補屋人。
小艇垂楊一水隈，釣絲風似子陵臺。阿兄頗具煙波骨，添箇漁蓑打槳來。
謝家兄弟劇關情，一別紅窗歲幾更。訝道離愁頻觸迕，天邊鴻影太分明。

〔一〕「村」，嘉慶十一年刻二十二年增修本《小謨觴館詩文集》作「春」。

爲人題水南邨舍圖二首

菰葉侵階水浸苔，香茅團處蓼花開。露涼鷗夢瞢騰裏，聽過彎彎月子來。
鵝溪一幅寫鱸鄉，橐筆江關鬢著霜。看盡別家池館好，蓮花莊子耦耕堂。

頤道堂集

陳文述　浙江錢塘人，字退盦，號雲伯。嘉慶舉人，官全椒知縣。工西崑體，博雅壯麗，極似吴偉業。有《碧城仙館詩鈔》、《詩髓》、《頤道堂集》、《秣陵集》、《西泠懷古集》、《仙詠》、《閨詠》等書。

生於清乾隆三十六年辛卯，卒於清道光二十二年癸卯，年七十三歲。

題查丙唐黄葉林中自著書圖二首

馬卿枚叔兼才少，不負千秋在此生。抵得功名上麟閣，滿林黄葉著書成。

議成海運訂河渠，我亦年來欲著書。四面青山隱黄葉，故鄉何處好田廬。

題徐嬾雲今宵酒醒圖三首

相思祇合寄吴天，别緒離悰總惘然。行慣曉風殘月路，一生低首柳屯田。

珍重雙心賦玉簫，濃歡如夢未能消。有人燭炧香殘夜，不憶今宵憶昨宵。

平生〔一〕有味是温柔，悵悵年華去水流。最憶前宵臨別處，澹雲微月素春樓。

〔一〕「平生」，嘉慶二十二年刻道光增修本《頤道堂集》作「生平」。

題改七薌少年聽雨圖三首

鈿笛吹殘酒易醒，春寒料峭泥羅屏。沈沈良〔一〕夜瀟瀟雨，未可無人擁髻聽。

繡被香温最可憐，玉臺春色寫嬋娟。海紅瀟碧遊仙夢，回首人生幾少年。

泥金雙帶寫温存，我已中年感夢痕。題到江南腸斷句，小樓聽雨更銷魂。

〔一〕「良」字原闕，據嘉慶二十二年刻道光增修本《頤道堂集》補。

題張吟樓六浮閣看梅册二首

六浮閣在銅坑菖蒲潭之西，觀梅之勝云頗勝鄧尉香雪海也。

頻年吴苑攜琴住，未向銅坑載鶴遊。今夕讀書〔一〕兼讀畫，一簾疏影夢蘿浮。

孫綽林逋吾舊識，春山結伴話春寒。菖蒲潭畔東西路，何日從君蹈雪看。同遊者孫子瀟、林遠峰〔二〕，故云。

〔一〕「書」，嘉慶二十二年刻道光增修本《頤道堂集》作「詩」。
〔二〕「峰」原作「材」，據嘉慶二十二年刻道光增修本《頤道堂集》改。

題周石雲大令風雨聯牀圖二首

當年坡潁舊齊名，又見君家好弟兄。官燭花殘春酒美，蘭陵風雨似彭城。

我亦荆花種幾株〔一〕，一枝〔二〕零落一扶疏。風斜雨細江南岸，正作錢塘寄弟書。

〔一〕「株」原作「枝」，據嘉慶二十二年刻道光增修本《頤道堂集》改。
〔二〕「枝」，嘉慶二十二年刻道光增修本《頤道堂集》作「株」。

徐山民待詔屬題楓江漁父圖漁父徐檢討釚也二首

瀛洲重到鬢成絲，歸臥楓江作釣師。記向垂虹亭畔過，滿天楓葉夕陽時。

青衫蕉萃感名場，宦海中年更渺茫。何日歸休學漁隱，西溪秋雪好漁莊。

錢小謝春明策馬圖

玉河楊柳已吹緜，繡鐙珊鞭蹀躞便。最好東華門外路，落花紅到馬蹄前。

錢小謝憶秋圖四首

長簟空牀黯不收，夜深新雁過南樓。衹應別有傷心處，不賦悲秋賦憶秋。

憧憧〔一〕燈影送黄昏，落葉如鴉起暗塵。幕卷簾垂香欲燼，那堪愁煞獨眠人。

騷人哀怨美人心，真覺瀟湘水不深。一曲孤鸞彈不得，暗風吹雨溼青琴。

小隊驂鸞去若仙，紅塵那得再生緣。月華如雪瑶臺夜，憶到人間倍惘然。

〔一〕「憧憧」，嘉慶二十二年刻道光增修本《頤道堂集》作「幢幢」。

蕉園方伯指頭畫蛺團扇四首

春深薇館緑陰妍，團扇明明璧月圓。不寫鴛鴦寫蝴蛺，爲他風度似神仙。

上苑春深接翼飛，相看身染御香歸。玉階花氣龍池露，染上冰綃一品衣。

元嬰粉本我曾諳〔一〕，翠彈紅酣寫兩三。争似春風現彈指，萬花仙露滿江南。
五色文章麗孔鸞，羅浮花首憶瑶壇。太常仙侣前身是，莫作莊生夢裏看。

〔一〕「諳」原作「暗」，據嘉慶二十二年刻道光增修本《頣道堂集》改。

題　畫

竹西一縷颺茶煙，蘋葉如花點點圓。不買春山買秋水，一生長對白鷗眠。

題天台桃源畫三首

一笑風前玉女迎，幾時鴛牒注分明。壻鄉衹有天台好，飽喫胡麻過一生。
底事當年易别離，白雲流水斷相思。世間儘有分離苦，不作神仙不得知。
紅鯉青鸞總渺茫，瓊臺明月雪衣涼。昨宵夢聽桃花語，不信劉郎勝阮郎。

題玉壺山人畫四首

羅衣涼薄耐温存，小院迴廊静掩門。一片玉蓮花外雨，水精簾底最銷魂。

冰簟涼生午夢遲，小羣心事付蛾眉。枕函一卷紅蕉集，應有香奩本事詩。

坡老多情笑口開，更將禪偈寄仙才。畫師領取髯翁意，貌得朝雲小影來。

豔如春雪映明霞，有客題詩感歲華。我亦年來删綺語，譬如閒看牡丹花。

題畫二首

偷閒自寫牽蘿意，飛絮空園日易斜。一幅瀟湘〔一〕秋夢影，倚來翠袖是米家。馬湘蘭竹

春雨秦淮水上舟，一枝紅影上眉樓。東風不結相思子，寫得桃花當寫愁。顧横波桃花〔二〕

〔一〕「湘」原作「灑」，據嘉慶二十二年刻道光增修本《頤道堂集》改。

〔二〕「顧横波桃花」原闕，據嘉慶二十二年刻道光增修本《頤道堂集》補。

自然好學齋詩集

汪端　陳文述子裴之妻也。字允莊，號小韞。聰穎天授，七歲能詩。裴之亦天資高縱，拈韻分箋，互爲商榷。詩好高青丘，選有明詩二集，有知人論世之識。生於清乾隆五十八年癸丑，卒於道光十八年戊戌，年四十六歲。

爲伯姊紉青題幽篁坐月畫卷

石徑蕭森夜氣清，攜琴獨坐聽秋聲。娟娟涼影侵衫子，寒玉梢頭月正明。

爲仲絢女弟題畫二首

何處菱舟有篴音，涼煙半抹澹遥岑。水邊臺榭無人到，落日亂蟬風滿林。

青山如夢在丹楓，幾葉飄飛玉鏡中。却羡閒鷗秋影裏，一生消受白蘋風。

題趙子固畫三首

月明解珮[一]見湘臯，幽怨王孫託彩毫。何似西村橋畔路，濁醪晞髮誦離騷。

天水蒼涼失舊基，萋萋芳草夕陽時。鷗波亭外寒梅發，兄是南枝弟北枝。

一剪疏花曉露含，三閭春恨冷湘潭。託根無地東風裏，更有遺民鄭所南。

〔一〕「珮」，同治十三年重刻本《自然好學齋詩鈔》作「佩」。

自題畫蘭

春在娟娟緑玉枝，瀟湘煙澹月明時。千秋獨抱離騷意，未許江蘺[一]杜若知。

〔一〕「蘺」原作「離」，據同治十三年重刻本《自然好學齋詩鈔》改。

題孫碧梧雲鳳畫芙蓉小幅

掩映丹楓倚晚葭，半江秋色豔明霞。芳叢不向春風發，應避人間富貴花。

題畫二首

莓苔如繡著疏花，野鶴飛來瘦影斜。流水自寒煙自碧，不知吹篴是誰家。

曲徑空山春暗回，疏林殘雪凍痕開。有人解笑神仙俗，祇種桃花不種梅。

紅拂圖

如月橫波玉立身，能知國士在風塵。蛾眉卓識同千古，祇有投金瀨畔人。

題問樵畫蘭

春到湘江露葉舒，幽芳一翦曉煙疏。清標已入靈均賦，何必當門恐被鉏。

題宋徽宗雙燕圖

衰草樊樓故壘荒，空林難戀況雕梁。新雛不及紅鸚鵡，解向臨安説上皇。事見《楓窗小牘》。

題佩珊蘭皋覓句圖

弔夢歌離一種才，美人花向筆端開。西風作意涼如水，莫更蘭皋覓句來。

題蘭陵女冠王清微空山聽雨圖三首

貝葉繙殘第幾編，遠山如夢雨如煙。定知銀燭羅帷夜，不稱神仙謝自然。

六甲靈飛玉女符，蘭金曾見字珍珠。芙蓉湖上瀟瀟雨，更補仙人寫韻圖。清微工書。

桃花流水閟珠宮，清磬泠泠度遠風。我媿青蓮仙眷屬，何年來訪李騰空。

題許宜芳女史輕舟出峽圖二首

畫眉聲裏曉妝濃，江鏡開匳翠幾重。十二碧峰誰得似，煙鬟第一美人峰。

啼猿兩岸挂青蘿，出峽灘聲雨後多。神女廟前明月夜，玉人曾聽竹枝歌。

題沈太夫人蕅鄉消夏圖三首

風裳水佩比清華，煙雨南湖識舊家。正是青綾停講後，晚涼閒看白蓮花。
五銖仙袂越羅裁，香澹陂塘玉鏡開。一曲湘絃響秋雪，涼雲天外定飛來。
紅闌倒影柳垂絲，煙外菱舟唱竹枝。十里風漪半湖月，西泠歸夢白鷗知。

題吴門顧畹芳女史畫梅二首

世外風神見藐姑，銷寒紙閣展新圖。期君共探銅坑雪，翠羽黄昏識我無。
倦啄寒香鶴夢閒，偏舟花海幾時還。浮家聽慣江南雨，冷煞西溪月一彎〔一〕。

〔一〕「彎」，同治十三年重刻本《自然好學齋詩鈔》作「灣」。

題吴飛卿女史畫菊

廚月凝香寫韻時，屏山鐙影見秋姿。愛他花亦如人澹，滌筆冰甌畫一枝。

畫蘭曲四章題韻香畫蘭長卷四首

清梵魚山夜月寒，松花如雨落仙壇。綺窗初試金壺墨，寫罷靈飛更畫蘭。

瑶笙吹徹羽衣涼，瑟瑟微波夢碧湘。解爲幽花寫秋影，玉人原是杜蘭香。

眉黛文殊暈淺颦，拈花一笑悟蘭因。芙蓉湖上琳宫静，憶爾空山聽雨人。

碧杜紅蘅儷楚騷，花歌葉舞在冰綃。嬋娟我識黄皆令，明月揚州憶玉簫。黄耕畹女史亦工畫蘭。

題畫爲養志姪孫作二首

楓岸亂鴉翻楚岫，蘆汀新雁點吴天。分明北苑蕭疏意，渲染秋光夕照邊。

煙暝青林月上初〔一〕，畫中寒翠似匡廬。他年卜築秦亭畔，松影茅堂坐讀書。

〔一〕「上初」原作「初上」，據同治十三年重刻本《自然好學齋詩鈔》乙正。

題飛卿姊秋花蛺蜨畫扇二首

天風蘿屋感年華，蕉雪分香上碧紗。洗盡春紅殘夢影，玉人翠袖寫秋花。
鳳子春駒各自妍，落花芳草態翩翩。漆園莫訝莊周夢，胡蜨前生本自仙。

題畫梅

神仙風格林和靖，鐵石心腸宋廣平。更乞芳林寫梅子，玉堂春静佐調羹。

題采石夫人春山圖二首

鴛湖雨過曉波寒，樹色山光映畫闌。貌得春煙澹蛾緑，不須眉譜鏡中看。
花映珠櫳柳拂苔，綺羅争説埽眉才。寒閨誰識黄皆令，畫得青山易米來。

題采石畫蜨

曉煙如夢籠芳草，殘月無聲照落花。添寫羅浮雙鳳子，玉臺粉本最清華。

題空房對月圖

長簞空牀易感秋，素波涼浸[一]舊粧樓。可憐地下看明月，應似人間一樣愁。

[一]「浸」原作「侵」，據同治十三年重刻本《自然好學齋詩鈔》改。

葉瓊章自寫雙美圖三首

翠襌紅嫣態各柔，叢殘絹素美人愁。晚花庭院憑肩語，知是寒簧姊妹儔。

波泠櫻湖白蝶灰，玉臺歸去住瑶臺。疏香小閣蛾眉月，猶記紅于婢名捧硯來。

落花風是返生香，自古仙才命不長。何必西堂傳樂府，窃聞靈蹟繼曇陽。

翁朝霞夫人以自寫白雲圖索題率賦二絶

綺閣才名翁少君，明女士翁桓字少君，工詩。玉臺粉本百花薰。余曾題夫人百花長卷。

年來愛滌冰甌筆，静對青山寫白雲。

澹遠嵐〔一〕光見畫禪，松風庭院月娟娟。仙家祇在雲深處，我識真人謝自然。

〔一〕「嵐」原作「巒」，據同治十三年重刻本《自然好學齋詩鈔》改。

題畫

萬竹韜光冷翠分，理安泉響月中聞。松花滿地攜筇去，靜聽鐘聲扣白雲。

王仲淑女士春墅饁耕圖二首

春效垂柳緑初勻，布穀聲中午饁頻。最好青山耦耕地，柴桑處士翟夫人。

湖煙漠漠鷺雙飛，餉罷東菑更上機。月渡溪橋花影轉，柴門應望荷鋤歸。

題梁蕉屏表兄垂綸圖二首

閒即垂綸倦即歸，水光雲影兩忘機。分明西塞山前路，雪點青天白鷺飛。

澄波紅照兩鬟花，鼓棹歸來日未斜。野鶴避煙深竹裏，樵青十五解煎茶。

題黄鶴山樵仙山秋瀑圖用原韻

飛流千尺白雲邊，採藥仙翁不計年。絶似天台明月夜，石梁西畔翠屏前。

題明徐幼文山水行看子二首

北郭詩名最擅場，冰甌滌筆寫瀟湘。分明聞笛君山下，空翠如煙月似霜。

高館賓賢易夕陽，蜀山修竹讀書堂。才人亂世悲遷謫，萬緑長堆夢故鄉。

題臥梅圖二首

吞花臥酒真高士，夢到羅浮桂〔一〕月村。翠羽啼煙天欲曙，滿山香雪未開門。

寒鐘一杵到山家，疏影溪橋浸月華。身是逋翁老孫子，水仙祠畔臥梅花。

〔一〕「桂」，同治十三年重刻本《自然好學齋詩鈔》作「掛」。

借閒生詩詞集

汪遠孫〔一〕　浙江錢塘人，字久也，號小米，又號借閒漫士。嘉慶舉人，官内閣中書。溺苦於學，盡發先世藏書讀之。有《詩考補遺》、《國語考異》、《發正》、《古注》、《漢書地理志校勘記》、《借閒生詩詞集》。

生於清乾隆五十九年甲寅，卒於清道光十六年丙申，年四十三歲。

〔一〕按，「孫」原作「蓀」，誤。

題楊妃病齒圖二首

懨懨睡損縷金衣，不爲傷春笑語稀。臨鏡怕教容瘦減，却添玉頰幾分肥。

含顰脈脈侍君王，髻子慵梳倚象牀。雪色鸚哥真解事，傳宣催進苦參湯。

依舊草堂遺稿

費丹旭　浙江烏程人，字曉樓，號子苕，又號環溪。工畫人物，兼善山水，亦能詩詞。有《依舊草堂遺稿》。生於清嘉慶七年壬戌，卒於清道光三十年庚戌，年四十九歲。

吹笛仕女

木犀〔一〕香滿蕊芳〔二〕枝，金粉樓臺夢到遲。底事夜深吹玉笛，秋情儂已細如絲。

〔一〕「犀」，同治七年振綺堂刻本、同治十年退補齋重刻本、民國十八年仿宋聚珍本《依舊草堂遺稿》俱作「樨」。

〔二〕「芳」，同治七年振綺堂刻本、同治十年退補齋重刻本、民國十八年仿宋聚珍本《依舊草堂遺稿》俱作「宫」。

三十梅花書屋圖

故園春信畫中傳，疏影橫斜屋數椽。我亦浪游渾不定，花開時已負三年。

玫瑰花

色香幾度誤薔薇，曉倚闌干露未晞。無奈春來寒太甚，新妝猶著紫羅衣。

埽雪烹茶

雪後園林絶點塵，竹爐聊試一旗春。吟餘不少消寒計，却笑銷金帳裏人。

梅邊吹笛圖二首

花未蕭疏月未殘，夜來〔一〕橫笛倚春寒。料非舊譜江城引，吹落枝頭作雪看。

閒試柯亭絶妙材，有人紙帳夢初回。杏花陰與蘆花艇，一樣幽情領略來。

〔一〕「來」，同治七年振綺堂刻本、同治十年退補齋重刻本、民國十八年仿宋聚珍本《依舊草堂遺稿》俱作「寒」。

絡緯仕女

篝燈隱約漏疏紅，短短茅簷側側風。知爲誰忙還自笑，一般辛苦有秋蟲。

秋砧圖

繼續飛來何處砧，關山迢遞雁書沈。可知夜色荒寒裏，有客無眠獨擁衾。

題　扇

追涼信有水雲窩，十畝芳塘盡種荷。冰簟竹牀隨意坐，不知何處晚風多。

爲張子祥熊作玉臺商畫四首

鴛鴦湖水水邊村，繞屋藤蘿晝掩門。清福全〔一〕家好書畫，風流説與〔二〕趙王孫。

真教翰墨結因緣，雙管樓頭望若仙。埽盡人間脂粉氣，果然畫本出天然。

暈碧裁紅曉未乾，半簾花氣颸輕寒。修眉縱有玲瓏筆，畢竟春山一抹難。

生綃一幅擬徐黃，硯北香南子細商。笑我山妻隨荷鍤，只知晴雨較農桑。

〔一〕「全」原作「入」，據同治七年振綺堂刻本、同治十年退補齋重刻本、民國十八年仿宋聚珍本改。

〔二〕「説與」，同治七年振綺堂刻本、同治十年退補齋重刻本、民國十八年仿宋聚珍本《依舊草堂遺稿》俱作「重説」。

仕女二首

夜寒簾不捲芙蓉，燈火疏櫺透紙紅。吟到感秋詩未就，一聲桐葉墮西風。

落紅滿地奈春何，露徑香痕印韈羅。正似閒愁埽難盡，曉來還較昨宵多。

芍藥二首

截取當階豔一叢，不因遲暮妒春風。豐臺煙景揚州月，都在胭脂淺澹中。

故園春色易蹉跎，緑暗紅稀奈客何。怕對一尊婪尾酒，十年朋舊別離多。

山居讀畫圖

茆齋未許俗塵侵，檢點流光付短吟。黄葉一庭書萬卷，閉門原即是山林。

題花卉三種〔一〕

桃

清明雨過浄無塵，珍重韶華眼底春。兩岸花飛三月暮，年年惆悵渡江人。

黄薔薇

一點檀心怯嫩寒，香風揺落溼闌干。額黄初試新承寵，肯向西園侍牡丹。

扁　豆

豆花開繞槿籬門，此是江南舊水村。疏雨乍過涼月上，好邀鄰曲話黄昏。

〔一〕同治七年振綺堂刻本、同治十年退補齋重刻本、民國十八年仿宋聚珍本《依舊草堂遺稿》題作「雜題花卉册頁」。

清供圖

晴雪園林尚作堆，已傳消息到庭梅。畫堂領取春風早，催進屠蘇益壽杯。

紅袖添香圖二首

夾衣初換已涼天，如幕秋林〔一〕繞屋圓。明月未來簾半卷，水沈先爇一爐煙。

夜静房櫳玉漏遲，讀書心事美人知。筆花開處燈花落，正是江郎〔二〕入夢時。

〔一〕「林」，同治七年振綺堂刻本、同治十年退補齋重刻本、民國十八年仿宋聚珍本《依舊草堂遺稿》俱作「陰」。

〔二〕「郎」，民國十八年仿宋聚珍本《依舊草堂遺稿》作「都」。

寫桃花便面寄生沐

有限流光無定姿，重來真悔十年遲。桃花門巷分明記，此是東風未嫁時。

五湖漁莊圖二首

垂楊如幕屋如船，萬頃湖光短榻前。不信蒼茫寬世界，只容清夢到鷗邊。

好與煙波結近鄰，茆齋我亦住湖濱。年來無那飄蓬似，閒煞春風釣月綸。

西圃題畫詩集

潘遵祁　江蘇吴縣人，字順之。道光時入詞館，澹於榮利，早歲歸田，放懷山水，寄跡詩畫。著有《西圃文詩集》。生卒待查。

繡球杏花

妃紅儷白是天然，蝶孏蜂憨儘放妍。曉院東風鈴索静，惜花人在畫闌前。

桃花二首

碧雲深處洞門關，傳道劉郎去不還。天上一枝和露種，休隨流水到人間。

似曾相識問漁郎，回首前塵已渺茫。自是竹籬茅舍好，肯隨穠李附門牆。

菊

新霜匀染數枝幽，次第看花又到秋。移得疏燈還命酒，愛他瘦影上簾鈎。

枇杷

黄梅緑李好分甘，轉眼風光入夏酣。翠籠争攜窖上種，教人能不憶江南。

水蕻花藕

鴛鴦水榭雨初飛，清淺横塘打槳歸。一舸鬧紅剛唱罷，新凉微逗藕苗衣。

梧

碧陰小院晚冥冥，缺月飛來露滿庭。涼煞紅闌人獨倚，水晶簾底數秋星。

蜻蜓

釣絲風裏蓼花紅，款款飛來傍淺叢。清絶詩心無著處，白荷花上雨聲中。

蘭三首

讀罷離騷思惘然，夜涼清夢落琴邊。不知寂寞湘江上，可有幽人枕石眠。

絶代幽姿壓衆芳，肯隨紅紫媚春陽。饒他綺石黄磁斗，不及空山自在香。

自喜巖阿不世情，任他茨棘兩邊生。素心那許春風染〔一〕，長照寒泉澈底清。

〔一〕「染」字原作空格，據民國十五年蘇州文木山房本《西圃題畫詩》補。

松梅

虚堂盡日聽濤吟，隱几常疑澗壑深。添寫一枝冰雪影，好教證取歲寒心。

山　茶

松清竹健歲寒同，點染生機悟化工。記得僧寮初雪後，一花剛吐鶴頭紅。

桃花柳絮

桃花著雨疑拖綬，柳絮含風未脱緜。記取溪橋好煙景，酒帘挑近竹籬邊。

桃柳二首

海天已負好清明，又見東風絮滿城。一幅江南圖畫裏，斷魂何處問人行〔一〕。

行春橋畔水粼粼，重訪江南亂後春。茆屋欹斜人不見，小桃含笑柳含顰。

〔一〕「問人行」，民國十五年蘇州文木山房本《西圃題畫詩》作「問行人」。

荷花二首

第四橋邊記泊船，詩心涼到鷺鷥〔二〕肩。白荷花上初過雨，有客西窗跂脚眠。

解事吴儂趁曉涼，荷花生日泛南塘。何如消夏灣頭去，香在湖波卅里長。

〔一〕「鶯」原作「鶩」，據民國十五年蘇州文木山房本《西圃題畫詩》改。

雁來江

冰甌曉滴露珠溥〔一〕，閒寫秋容入素紈。記得畫樓新雁過，玉羅屏底卷簾看。

〔一〕「溥」原作「溥」，據民國十五年蘇州文木山房本《西圃題畫詩》改。

紫丁香

閒將彩筆點韶光，太息園林已半荒。觸〔一〕我廿年塵夢醒〔二〕，春明古寺記尋芳。

〔一〕「觸」原作「獨」，據民國十五年蘇州文木山房本《西圃題畫詩》改。

〔二〕「醒」原作「事」，據民國十五年蘇州文木山房本《西圃題畫詩》改。

白荷花

儂本江湖舊釣師，拈毫只寫水雲姿。横塘西去蘭舟渡，月曉風清憶此時。

秋葵

西風籬落澹斜陽，胡蝶飄來一葉黄。疑有仙人來下降，六銖新試道家裝。

玉簪花

詩心剛逐早涼賒，天與清香漬露華。一桁紅闌明月夜，玉階不種斷腸花。

蓮藕

長橋廿四枕船眠，一種詩心上鷺肩。不畫荷花畫蓮藕，愛他風味占秋前。

草

試拈百草問經生，誰似神農記得清。熟讀離騷箋爾雅，窗前緑滿半無名。

竹二首

敢希千畝在胸中，也要三分繞屋東。遮得驕陽忘卓午，西窗終日是清風。

竹外斜陽一片明，忽然摇動做秋聲。安排臥聽西窗雨，一夜新涼枕簟生。

柳

無數垂條覆畫船，亂飄飛絮送吟鞭。江南腸斷人多少，只有漁翁繫艇眠。

梅二首

江鄉寂寂鎖風煙，清夢迢迢墮水邊。欲折一枝深雪裏，幾時〔一〕重泛太湖船。

一柄長鑱十載餘，青山愧我負精廬。人生清福修難到，萬樹梅花伴讀書。

〔一〕「時」原作「樹」，據民國十五年蘇州文木山房本《西圃題畫詩》改。

紅蓼白蘋

紅蓼灘邊泊釣舟，白蘋花外起清謳。昨宵難得秋前雨，好去煙波狎素鷗。

杏花柳絮

杏花帶雨咽餳簫，柳絮隨風撲畫橈。欲説江南好煙景，水村山郭野魂銷[一]。

[一]「銷」，民國十五年蘇州文木山房本《西圃題畫詩》作「鎖」，疑是「銷」之訛。

蓼花荇藻

淺紫疏紅映水鋪，此中疑有白鷗呼。拈毫只寫汀洲趣，臣本煙波舊釣徒。

秋草蛺蝶

落花紅趁馬蹄忙，轉眼繁華是夢鄉。他日重尋歌舞地，祇應秋草弄斜陽。

蠟梅松

木落厓枯景已闌，東皇春訊尚珊珊。冷香寂寞冬窗下，留與幽人伴歲寒。

水仙竹

晴窗閒展十三行，彼美行兮水一方。彈罷冰絃渾不語，夜來清夢落瀟湘。

蒙廬詩存

沈景修　浙江秀水人，字蒙叔，晚號寒柯。同治拔貢，官分水教諭。善詩詞雜文，尤工書法，得楊少師《韭花帖》真傳。有《蒙廬詩存》、《井華詞》等。生於清道光十五年乙未，卒於清光緒二十五年己亥，年六十五歲。

題許邁孫增湖上訪僧圖僧〔一〕指楚北蓮衣三首

兩三吟侶一扁舟，浩蕩湖天載鶴游。煙際微聞人語響，西風黄葉寺門秋。

穿雲選勝策紅藤，華雨香飄佛座鐙〔二〕。自汲石泉瀹新茗，從來清福屬詩僧。

十載慚疏覿面緣，斯冰誰與泝鐙傳。湖雪湘水分萍跡，翠墨惟留論字禪〔三〕。

〔一〕「僧」字原闕，據光緒二十一年刻本《蒙廬詩存》補。

〔二〕「鐙」原作「煙」，據光緒二十一年刻本《蒙廬詩存》改。

〔三〕光緒二十一年刻本《蒙廬詩存》「翠墨」句下有小注：「子藏《伊闕佛龕》宋拓本，蓮衣介利叔借觀半月後題跋語。」

題畫

畫禪宗派接山樵，萬壑松風動碧寥。遠寺鐘沈僧入定，白雲如帶護巖腰。

李子遠道悠屬題蘆龕舊雨圖三首

亭外垂楊繫畫船，昔時觴詠劇流連。酒星零落詩人老，回首前塵二十年。

燕勞身世悵分飛，鴡鳩〔一〕聲中舊雨稀。王謝風流今已歇，那堪門巷認烏衣。

歷劫華年〔二〕纔轉瞬，百年〔三〕文獻孰關心。多君珍重苔岑誼，敝帚風塵訂賞音〔四〕。

〔一〕「鳩」原作「鳶」，據光緒二十一年刻本《蒙廬詩存》改。
〔二〕「年」，光緒二十一年刻本《蒙廬詩存》作「嚴」。
〔三〕「年」原作「丈」，據光緒二十一年刻本《蒙廬詩存》改。
〔四〕光緒二十一年刻本《蒙廬詩存》「敝帚」句下有小注：「君方輯《聞湖詩三鈔》。」

題柳溪春泛圖三首

踠地垂楊已作緜，濛濛飛散碧溪煙。長橋一抹如虹臥，影落波心不礙船。

如笠茆庵屋打頭，谿聲蘆雨帶深秋。行窩自占煙波裏，半席平分與鷺鷗。

四面層巒列畫屏，中流擊汰看揚舲。富春山色無今古，寂寞披裘處士星。

題董樂閒畫騎牛鍾馗圖二首

幾輩華驄騁帝京，英年斫膾列蓬瀛。老夫嬾踏終南徑，故意騎牛緩緩行。

狰獰不是盧山面，儒雅[一]無慚進士身。酒緑燈紅蒲作[二]劍，歸來嚇鬼鬧比鄰。

［一］「雅」原作「鴉」，據光緒二十一年刻本《蒙廬詩存》改。

［二］「蒲作」原作「浦竹」，據光緒二十一年刻本《蒙廬詩存》改。

題南湖秋泛圖三首

瞿塘峽口驚濤急，揚子江頭濁浪轟。入世風波真可悸，焉知魚樂有南湖〔一〕。

明媚波光雨後容，湖邊士女儘昌豐。風流太守今蘇白，新舊棠陰一例濃。

賓朋入幕盡名流，文星酒星共一舟。叩舷莫誦悲秋賦，祗恐鴛鴦替爾愁。

〔一〕光緒二十一年刻本《蒙廬詩存》「焉知」句下有小注：「鈎（釣）鰲磯下有『魚樂國』三字石刻，爲董香光書。」

題胡匊鄰钁晚翠亭圖

庭前老鶴閒於我，窗外梅華瘦似君。一樣冬心耐幽獨，近來時事不堪聞。

題陶鏡庵溶畫四首

謖謖濤聲月下聽，松華如霰落空青。千年老幹掀根出，可有人來掘茯苓。

一鶴長鳴一鶴眠，婆娑泉石不知年。何時片影橫江去，掠過東坡赤壁船。

秀擢靈巖五色芝，仙人煮食療朝饑。入林儻遇〔一〕商山叟，相約攜鋤劚玉脂。

峭壁千尋石氣寒，翛翛〔二〕風竹兩三竿。文同不作丹丘老，此畫能工世所難。

〔一〕「遇」原作「過」，據光緒二十一年刻本《蒙廬詩存》改。

〔二〕「翛翛」原作「倏倏」，據光緒二十一年刻本《蒙廬詩存》改。

范湖草堂遺稿

周閑　浙江秀水人，字存伯，一號范湖居士。工書，能篆隸，兼善鐵筆，得漢唐遺意。詩遠宗《選》體，近學浣花，文亦擅唐宋諸家之勝。繪事尤超渾邁衆，矜重藝林，當時以鄭虔三絶稱之。著有《食表》、《兵原》、《讀書雜記》、《范湖草堂詩文集》。生卒待查。

柳麻鵲〔一〕爲某僕作〔二〕

春風柳眼〔三〕一時開，瓦雀翻翻〔四〕亂往回。自己不知身分小，也傍簷屋乞人來。

〔一〕「鵲」，光緒十九年木活字本《范湖草堂遺稿》作「鵠」。
〔二〕按，題目「柳麻鵲爲某僕作」爲編選者所加，以下所选皆同。
〔三〕「眼」原作「眠」，據光緒十九年木活字本《范湖草堂遺稿》改。
〔四〕「翻翻」，光緒十九年木活字本《范湖草堂遺稿》作「翩翩」。

題菊

陶公偶爾愜閒情，千古秋風説不清。忙煞白衣人送酒，而今到處是淵明。

藕蓮

傳呼天上宴神仙，風味猶珍玉井蓮。記得前生親喫過，蓮蓬如斗藕如船。

梅花瓶

零星俱是園中物，著手春風次第加。莫笑此瓶多隘〔一〕窄〔二〕，儘能容得萬千花。

〔一〕「隘」，光緒十九年木活字本《范湖草堂遺稿》作「溢」。

〔二〕「窄」字原作空格，據光緒十九年木活字本《范湖草堂遺稿》補。

題雞

且群鵝鴨逐〔一〕柴扉，淪落風塵物色稀。待到一鳴天下曉，那時方識是雄飛。

〔一〕「逐」原作「遂」，據光緒十九年木活字本《范湖草堂遺稿》改。

題菊花酒蟹重陽日作

説道重陽彭澤令，滿頭花影醉〔一〕相扶。而今減却登高興，酒也曾無蟹也無。

〔一〕「醉」原作「醒」，據光緒十九年木活字本《范湖草堂遺稿》改。

題菊

棖觸秋懷九月天，夕陽人影醉籬邊。世間多少周顒輩，一箇陶潛不值錢。

梨花

尋常洗出一枝春，粉瀋香清別有真。不信溶溶深院月，輕吹玉笛静無人。

含笑花

最是多情炫豔姿，嫣然心事美人知。春風一笑參吟諦，争得靈妃露面時。

雪竹

雪飛如掌晚來稠，僵臥袁安已[一]到否。不信此君多傲骨，一經淪落也低頭。

〔一〕「已」，光緒十九年木活字本《范湖草堂遺稿》作「學」。

蘆蟹

晋人太息得狂名，謬許持螯了一生。直道終歸三代上，而今只是重横行。

梅花八哥

春風學語巧鈎輈，惹我閒情感舊遊。記得珠簾花底捲，緑闌干畔唤梳頭。

雞冠花

鄭重天雞本不群，扶桑生長慣司晨。笑他小草秋風賤，亂竊名聲誇向人。

黄　菊

於無詩處寫秋光，枝到殘時亦傲霜。任爾西風嚴約束，何曾減却一分黄。

富春江圖二首

大江東上語離愁，多少關山記舊遊。一路翠煙春水闊，畫來尚喜似嚴州。

春風侍宦識容顔，簫鼓樓船幾往還。太息年來成落拓，歡遊何處問江山。

茭白扁荳

黨尉豪華有盡時，田家風味最相宜。蕪蔞亭下窮途客，粥飯當初感舊知。

蟬　柳

行囊整頓問歸船，筆研有緣興尚顛。收拾胭支不裝點，賸將濇墨寫鳴蟬。

荷花蟹

紅藕田蕪蘆荻新，仄筐郭索滿河濱。腹中空洞全無物，也自横行不避人。

秋蟲

秋深來聽草蟲聲，繁急能教兩耳清〔一〕。猶勝富豪飛竹肉，新歌鈿〔二〕笛又瓊笙。

〔一〕「兩耳清」原作「耳兩清」，據光緒十九年木活字本《范湖草堂遺稿》乙正。

〔二〕「鈿」，光緒十九年木活字本《范湖草堂遺稿》作「寶」。

山水二首〔一〕

七十二峰高插空，白雲忽起蔽〔二〕蒼穹。主人兀坐讀周易，野鳥一聲秋樹紅。

煙樹〔三〕朝含宿雨寒，曉雲遮斷萬螺端。山尖箇箇排天外，猶記黔關馬上看。

〔一〕據光緒十九年木活字本《范湖草堂遺稿》第一首詩詩後小注，題目應爲「題秋林讀易圖」。

〔二〕「蔽」，光緒十九年木活字本《范湖草堂遺稿》作「連」。

〔三〕「樹」，光緒十九年木活字本《范湖草堂遺稿》作「拊」。

蘆雁

秋〔一〕落沙平壓浪風，蘆花如雪渺無窮。秋光滿眼渾難説，都在長空雁字中。

〔一〕「秋」，光緒十九年木活字本《范湖草堂遺稿》作「水」。

題鵲

多事東風春又回，聲聲乾雀噪亭臺。可憐世上趨炎客，盡向權門報喜來。

錦雞

時命〔一〕文章兩不齊，禰衡李白總囚羈。年來多少蒼涼感，不獨今朝爲錦雞。

〔一〕「時命」，光緒十九年木活字本《范湖草堂遺稿》作「千古」。

梅八哥適自孤山探梅回

孤山今日又相逢，十萬梅花壓亂峰。自是廣平丞相度，任他小鳥總含容。

題　鶴

骨格支離病翮微，自憐淪落惜毛衣。明年借得春風力，看我衝天直上飛。

鳳　凰

不比尼山歎道衰，清時瑞物兩相齊。九天看我文章煥，方信人間有鳳兮。

祭詩圖

一年祭汝一年殊，慚愧年來仍故吾。莫説墨華飛八斗，此生心血早愁枯。

蒜頭木瓜蘭花

蒜頭胡臭木瓜香，更著幽蘭也不妨。不見帝堯垂治日，共驩舜禹共朝堂。

桂　花

潦倒秋風市駿臺，小山叢桂任低回。而今多少蟾宫樹，盡是黄金買得來。

佛手蘋果柏樹

佛手頻婆又柏枝，寒家清供只如斯。笑他郭鄧誇豪富，金穴銅山能幾時。

芭蕉菊花

翠旗影裏夕陽紅，摇曳清華自不同。扯破人情多少紙，而今最怕是秋風。

煮芋圖

嬾殘回首記前緣，火細香温煮芋天。看我十年爲宰相，書生終不誤神仙。

題　鶴

願向春風借羽翰，九天高處任盤桓。人間燕鵲知多少，誰敢淩雲子細看。

牡丹二首

沈香亭畔昔曾過，消受春光上苑多。看我清平成樂府，君王上壽貴妃歌。

沈香亭畔液池東，舞罷嬌酣酒氣紅。莫向[一]春光矜富貴，妬花防有鼠姑風。

[一]「向」，光緒十九年木活字本《范湖草堂遺稿》作「使」。

豆　茄

又見園官報早秋，嘉蔬隨意佐觥籌。問他鼎鼎朱門内，識得田家風味否。

墨蒲桃

偶然擲筆化驪龍，頷下珍珠十萬紅。疑欲上天作星斗，光芒〔一〕四走墨雲中。

〔一〕「芒」原作「鋩」，據光緒十九年木活字本《范湖草堂遺稿》改。

參校書目

康熙間刻本《堯峰文鈔》
《四庫全書》本《堯峰文鈔》
康熙間刻本《曝書亭集》
《四庫全書》本《曝書亭集》
《叢書集成》本《曝書亭集》
道光十年刻本《南田詩鈔》
道光二十六年刻本《甌香館集》
《叢書集成》本《甌香館集》
康熙三十八年刻本《漁洋詩集》
康熙三十九年刻本《漁洋山人精華録》

康熙五十年刻本《帶經堂集》
康熙五十八年刻雍正增修本《敬業堂詩集》
乾隆二十七年刻本《滄洲近詩》
乾隆間醒園刻本《海峰詩集》
同治十三年刻本《海峰先生詩》
嘉慶十二年塾南書社刻本《春融堂集》
乾隆六十年食舊堂刻本《夢樓詩集》
嘉慶十二年刻本《惜抱軒詩文集》
同治五年省心閣重刊本《惜抱軒全集》
《四部備要》排印本《惜抱軒全集》
嘉慶十三年刻本《有正味齋全集》
咸豐五年刻本《吴氏一家稿》
光緒三年授經堂增修本《洪北江全集》

咸豐八年黄氏家塾刻本《兩當軒全集》
光緒二年重刻本《兩當軒全集》
《國學基本叢書》排印本《兩當軒全集》
嘉慶五年刻本《天真閣集》
光緒十一年重刻本《天真閣集》
光緒六年八喜齋重刊本《松壺先生集》
光緒十五年《榆園叢書》本《松壺畫贅》
《叢書集成》本《松壺畫贅》
道光二十九年增修本《船山詩草》
嘉慶二十一年刻本《缾水齋詩集》
光緒十七年增修本《缾水齋詩集》
《叢書集成》本《缾水齋詩集》
嘉慶道光間刻本《靈芬館詩》

嘉慶十一年刻二十二年增修本《小謨觴館詩文集》
嘉慶二十二年刻道光增修本《頤道堂集》
同治十三年重刻本《自然好學齋詩鈔》
道光二十年振綺堂刻本《借閑生詩》
民國十一年《振綺堂遺書》本《借閑生詩》
同治七年振綺堂刻本《依舊草堂遺稿》
同治十年退補齋重刻本《依舊草堂遺稿》
民國十八年仿宋聚珍本《依舊草堂遺稿》
民國十五年蘇州文木山房本《西圃題畫詩》
光緒二十一年刻本《蒙廬詩存》
光緒十九年木活字本《范湖草堂遺稿》